ro
ro
ro

Was kann eine Schriftstellerin mehr zum Schreiben inspirieren als anregende Liebesnächte an weißen Sandstränden und schöne Körper am Pool unter Palmen? Das denkt sich die Agentin von Sibylle und schickt sie nach Barbados. Zunächst fühlt sich die nach außen hin kühle, attraktive Autorin von den sich lustvoll vergnügenden Nachbarn gestört, doch es dauert nicht lange, bis Sibylle an den anregenden Strandspielen Gefallen findet.

Michèle Parsons ist das Pseudonym einer erfolgreichen deutschen Schriftstellerin.

Michèle Parsons

# Sex on the Beach

Erotischer Roman

Rowohlt Taschenbuch Verlag

Originalausgabe
Veröffentlicht im
Rowohlt Taschenbuch Verlag,
Reinbek bei Hamburg, April 2005

Umschlaggestaltung any.way,
Andreas Pufal (Foto: IFA Bilderteam)
Satz Rotis PostScript bei
Pinkuin Satz und Datentechnik, Berlin
Druck und Bindung
Druckerei C.H. Beck, Nördlingen
Printed in Germany
ISBN 3 499 23904 3

# 1. Kapitel

Mit einem Glas Rotwein in der Hand schritt Sibylle langsam durch die Räume ihrer Wohnung. Hier hatte sie acht Jahre mit Tom gewohnt, gelebt, geliebt. Bis sie ihn mit Deborah Shane im Bett überraschte.

Es war das Klischee schlechthin: Ehefrau kommt früher zurück und überrascht Ehemann mit der Geliebten im Ehebett. Niemals hätte sie das in einem ihrer Romane geschrieben, weil sie es einfach für zu abgeschmackt hielt. Doch das Leben scherte sich offensichtlich nicht um Stil und Originalität. Zumindest scherten sich Tom und Deborah nicht darum.

Als Sibylle die Wohnung betreten hatte und die Liebesgeräusche, das Flüstern und atemlose Stöhnen aus dem Schlafzimmer hörte, hatte sie für einen kurzen Moment geglaubt, Tom sähe sich im Schlafzimmer einen Sexfilm an. Allein. Er wusste ja, dass sie Pornos nichts abgewann, und befriedigte seine Bedürfnisse offenbar während ihrer Abwesenheit. Sie erinnerte sich, dass sie in dem Moment sogar Zuneigung für ihn empfand, weil er so rücksichtsvoll war, dies ohne sie zu tun. Wahrscheinlich wäre es für sie sogar noch akzeptabel gewesen, ihn masturbierend auf dem Bett vorzufinden. Doch er befriedigte seine Bedürfnisse sozusagen *hautnah*, war ganz nah am Objekt seiner

Begierde. Soweit ihm das mit den Fesseln an Armen und Beinen möglich war.

Das war das Schlimmste. Sibylle hatte Tom mit Lederfesseln an die Bettpfosten gekettet vorgefunden. An seinen Brustwarzen hingen Metallklammern, um den Hals trug er ein Lederhalsband mit Nieten. Deborah selbst, in diesem Moment seine *Meisterin*, oder wie man so eine Person nannte, steckte in einem schwarzen, hautengen Lederanzug und Lederstiefeln mit Schwindel erregend hohen Absätzen. Sie hockte breitbeinig über Tom, um seinen hoch aufgerichteten Schwanz in eine Ledermanschette zu zwängen.

Als Sibylle die Tür öffnete, sah das Paar hoch, doch sie hatte das Gefühl, dass Toms Lust so weit fortgeschritten war, dass er seine Frau gar nicht mehr wahrnahm. Mit glasigen Augen blickte er kurz zur Tür und wandte sich dann voll lustvoller Ungeduld wieder der dominanten Deborah zu.

Entsetzt war Sybille aus der Wohnung gestürmt. Glücklicherweise konnte sie für einige Tage bei Emma und deren Ehemann unterkommen, die sie abwechselnd mit Valium, Hühnersuppe, schwerem Barbera Rosso Rivalta und guten Ratschlägen am Leben hielten.

Dann kam der Anruf von Tom, den sie mit Herzklopfen und zitternden Händen entgegennahm.

«Ich denke, es ist ganz in deinem Sinne, wenn wir uns scheiden lassen. Ich war bereits beim Anwalt. Gregory Benson vertritt dich. Er ist zwar unser gemeinsamer Freund. Aber dich mochte er ja immer besonders gern. Ich hoffe, du plauderst nicht über Details.» Toms Stimme klang so sachlich kühl, als spräche er zu einem langjährigen Geschäftspartner, dem er nun ohne Bedauern die Zusammenarbeit aufkündigte.

«Ist das alles?», hatte sie gefaucht, nachdem sie sich einigermaßen gefasst hatte. «Mehr hast du nicht zu sagen? Keine Erklärungen, keine Rechtfertigungen? Nichts?!»

«Ach herrjeh, Billie, was hätte das für einen Sinn? Im Grunde haben wir uns doch schon lange nichts mehr zu sagen. Du lebst für deine Bücher und ich für meine Geschäfte. Wir geben großzügig unser Geld aus, gehen auf Partys, besuchen Premieren und langweilen uns im Bett. Ist es das, was du noch einmal von mir hören wolltest?»

«Verpiss dich!»

«Bin gerade dabei. Also vergiss nicht: Ruf Gregory an. Dann ist die Sache schnell vom Tisch.»

Sie hatte diesen überheblichen Ton an ihm schon immer gehasst. Es war sein Schutzschild, sein Abwehrmechanismus. Dieses Mal jedoch war sie diejenige, die ihn zu spüren bekam, und das tat weh.

Als sie nach einer Woche in die gemeinsame Wohnung zurückkam, hatte er bereits alle seine persönlichen Sachen und einige Möbelstücke daraus entfernt. Tom war tatsächlich ausgezogen. Sibylle schlief im Gästezimmer. Niemals würde sie auch nur eine Nacht im Ehebett zubringen, in dem Deborah Tom gefesselt und gevögelt hatte. Nicht nur ihr Ehemann und seine sexuellen Vorlieben waren ihr völlig fremd. Ihr ganzes Leben schien nicht mehr zu ihr zu gehören. Was sollte sie nun tun?

Emma Lamb schob energisch den Teller mit den Resten ihres frugalen Imbisses beiseite.

Sibylle beobachtete fasziniert, wie ihre Lieblingscousine und Freundin Emma, die auch ihre Agentin war, jetzt ihre professionelle Agentinnenmiene aufsetzte. Emmas Körper, vom Jogging und wöchentlichem Fitnesstraining in bester Verfassung, straffte sich noch mehr. Sie hielt den Kopf ein wenig höher, rückte die Brille noch einmal auf der Nase zurecht und schob die Schultern leicht nach hinten, bis Sibylle meinte, die Nähte des engen blauen Business-Kostüms würden platzen. Jetzt wird es ernst, signalisierte die Körperhaltung, und Sibylle wusste nur zu gut, was die Uhr geschlagen hatte.

«Also nun mal *in medias res*, Billie. Was du mir da geschickt hast, ist hingerotzt und auf dem Niveau einer blutigen Anfängerin. Was soll ich mit dem Mist? Darf ich dich daran erinnern, dass wir in sechs Wochen den endgültigen Abgabetermin haben?»

«Als wenn ich das vergessen hätte.» Sibylle atmete schwer und schob weiter nervös mit spitzen Fingern auf der Tischplatte ein paar Brotkrümel zu kleinen Häufchen zusammen. Zwischendurch spielte sie mit ihrer schweren Karneolhalskette. Die dicken Baguettesteine waren in gehämmertem Silber gefasst und schmückten den Ausschnitt des grünbunten Zweitausend-Dollar-Folklorekleides, zu dem Sibylle hohe Lederstiefel trug. Die dazugehörige legere Jacke aus gewalkter Wolle, die von demselben Designer entworfen war, hing über der Stuhllehne. Im Vergleich zu Sibylle, die jederzeit bemüht war, sich aufregend zu kleiden, wirkte Emma in ihren immer gleich langweiligen grauen oder blauen Kostümen wie eine englische Gouvernante.

«Herrgott, Billie! Wir haben den Termin bereits zweimal verschoben. Ein drittes Mal geht das nicht. Du wirst in den nächsten Wochen nichts anderes tun, als deinen verflixten fünften Kriminalroman zu schreiben. Vergiss Toms dunkle

Sexspiele, dass er dich betrogen hat und dass die Scheidung läuft. Vergiss, dass du in zwei Wochen ohne Dach über dem Kopf sein wirst, weil der Mietvertrag ausläuft. Vergiss *alles* außer dem Roman. Ich will, dass du alle Wut und allen Hass auf Tom in dein Manuskript fließen lässt. Lass einfach ein paar Männer mehr auf grausame Weise zu Tode kommen. Aber schreib endlich weiter!»

Sibylle schnaubte verächtlich. «Du hast leicht reden. Ich kann einfach nicht mehr schreiben. Mir fällt nichts ein.»

«Faule Ausreden. Komm mir jetzt nicht mit einer *Schreibblockade.* Du bist ein Profi. Ich erwarte professionelle Arbeit von dir.»

«Du hast von Kreativität keinen Schimmer.»

«Hör auf, Billie. Nicht wieder der alte Streit. Die Verträge, die ich für meine Autoren verhandle, sind überaus kreativ. Es grenzt schon fast an ein Wunder, dass ich diese Konditionen für dich aushandeln konnte. Dein letzter Roman war schon ein Flop. Das ist Fakt. Noch so einen kannst du dir nicht leisten.»

«Jaah, mach nur so weiter.» Sibylle rollte mit den Augen. »Das baut mich ungemein auf. Da fällt mir gleich eine tolle Shortstory ein. ‹Der Mord im Affekt an der Agentin Emma Lamb›. Dabei bist du gar kein Lämmchen, sondern eine Löwin.»

«Dafür solltest du dankbar sein. Ich habe dir so manchen fetten Fleischbrocken erkämpft, wo angeblich nichts mehr zu holen war. Auch jetzt lasse ich dich nicht im Stich ...» Mit verschwörerischem Gesichtsausdruck kramte sie in ihrer Reisetasche aus dem Hause der Schwestern Fendi, ihr einziger Ausflug ins Designerparadies. Das noble Teil diente Emma nun als Handtasche und Aktenkoffer. Triumphierend zog die Agentin einige Schlüssel daraus hervor, die an einem mit bunten Glasfischen verzierten Ring hingen.

«Was soll das?» Sibylle schüttelte verständnislos den Kopf und hob fragend die Schultern.

Emma beneidete die Cousine einmal mehr um die dunkle, schwere Haarpracht, die mit jeder Kopfbewegung sanft mitschwang. Das dunkle Haar; die leicht schrägen grünen Augen, deren Farbe durch den Stoff des Kleides betont wurden; die runden, festen Brüste, die sich auch ohne Bra vorteilhaft wölbten ... Man könnte glatt neidisch werden, dachte sie, wenn man nicht Freundin, Cousine und Agentin in Personalunion wäre und um Sibylles Misere wüsste.

Bedächtig ließ sie die Schlüssel mit leisem Klirren in die Mitte des Tisches fallen, zog einen dicken weißen Umschlag aus der Tasche und legte ihn dazu.

«Dies», ihr rechter Zeigefinger wies auf die Schlüssel, «sind die Schlüssel zu ‹Bajan Dreams›, einer Villa auf Barbados. Sie gehört einem guten Freund. Überaus erfolgreicher Schriftsteller. Historische Romane.»

Sibylle fand, dass Emmas Stimme einen verträumten Unterton hatte. Gerade wollte sie die Cousine schon fragen, ob sie auch Agentin dieses Autors war, doch etwas warnte sie. Warum nur hatte sie plötzlich das Gefühl, sich auf gefährlichem Terrain zu bewegen, wenn sie weiterfragte?

«Zurzeit ist er für Recherchen in Europa. Du kannst die kommenden sechs Wochen ungestört in seinem Haus arbeiten. Und hier ist dein Flugticket nach Bridgetown, Barbados. Übermorgen geht dein Flug.»

Sibylle setzte zum Widerspruch an, doch Emma beugte sich über den Tisch zu ihr hinüber. «Hör mir mal einen Augenblick gut zu, mein Schatz», zischte sie. «Du hast einen

Vertrag unterzeichnet. *Wir* haben einen Vertrag unterzeichnet. Und der wird eingehalten. Du fliegst nach Barbados und schreibst diesen gottverdammten Krimi zu Ende. Ich will in sechs Wochen vierhundert Seiten von Sybille Parker zum Verlag tragen, die es auf die Bestsellerlisten schaffen! Wie du das hinkriegst, ist dein Problem.»

«Aber, ich kann nicht ...» Sie dachte an die Grundidee ihres Romans, in dem zwei rivalisierende Galeristen darum stritten, wer die attraktive und geniale Malerin Angelica Prescott entdeckt hatte und nun die Rechte an der Vermarktung der Gemälde hielt, nachdem Angelica einem Serienmörder zum Opfer gefallen war.

«Kapier es doch endlich. Tom ist mit dieser Debbie auf und davon. Was soll's? Andere Mütter haben auch fesche Söhne. Der Hurenbock hat doch alles gevögelt, was nicht bei drei auf den Bäumen war. Und nun tu du nicht so, als hättest du das nicht gewusst. Wenn du dir jetzt von diesem Idioten auch noch deine Karriere kaputtmachen lässt, dann bist du selbst schuld. Und dann sind wir die längste Zeit Partner gewesen.»

Sibylle starrte durchs Fenster hinaus auf die Madison Avenue, wo geliftete Frauen in Nerzmänteln auf Zickenschuhen balancierten und mit verbissenen Mienen dem eisigen Wind trotzten, um die edlen Einkaufstaschen von Escada, Barneys oder Donna Karan heimzutragen.

«Barbados.» Sibylle ließ nun mit einem Lächeln im Gesicht den Namen langsam auf der Zunge zergehen. «Wie ist es da um diese Jahreszeit?» Der Gedanke, quasi Urlaub zu machen, während sie arbeitete, war nicht ohne Reiz.

«Wir haben November. Die ideale Reisezeit. Es ist dort warm und sonnig. Gelegentlich mal ein sanfter, warmer Regenschauer. Sonst nur die Klänge der Steelbands, der Duft reifer Früchte und Blüten, das Rauschen von Palmen und Meer und bunte Drinks am Pool. Perfekt, um zu entspannen und zu schreiben.» Emma schob Schlüssel und Ticket Stückchen für Stückchen über den Tisch, bis sie in Sibylles Schoß fielen.

«Okay. Ich gebe mich geschlagen.»

«Endlich.» Emma winkte der Kellnerin und bestellte zwei Gläser Champagner.

«Wieso Champagner?»

«Weil ein neues Kapitel in deinem Leben beginnt.»

«Wie stellst du dir das vor? In zwei Wochen muss ich aus der Wohnung raus. Wohin mit den Möbeln, den Hunderten von Büchern und dem ganzen Kleinkram, der sich in den Jahren angesammelt hat?»

«Das läuft, wie es immer läuft: *Ich* werde mich darum kümmern. Denk nicht mehr dran.»

David Lamb hatte den Starkoch Feluzzi beim Joggen kennen gelernt. Beide hatten nur Augen für eine superschlanke Blondine gehabt und waren ziemlich heftig zusammengestoßen und sogar zu Boden gegangen. Wieder auf den Beinen, kamen die beiden Männer ins Plaudern und stellten erstaunt fest, dass sie seit fünf Jahren Nachbarn waren. Seither joggten sie dreimal wöchentlich gemeinsam im Central Park, und David kam dann und wann in den Genuss der neuesten Kreationen aus Feluzzis Versuchsküche, in der die Menüs für seine Kochshow zubereitet wurden.

Als Emma spätabends nach Hause kam, erwarteten sie ihr Ehemann David und eine von Feluzzis Dreitausend-Kalorien-Versuchungen. David schenkte seiner Frau Champagner ein.

«Hast du deine Cousine auf den richtigen Weg gebracht?»

«Ich habe sie nach Barbados geschickt.» Emma nippte am Champagner. Er hatte die perfekte Temperatur und weckte ihre Lebensgeister.

«Sagtest du nicht, dass sie arbeiten muss? Wie kann sie dann Urlaub machen?»

«Sie wird auf Barbados arbeiten. Ich habe ihr das entsprechende Refugium vermittelt.»

David dachte kurz nach. «Vielleicht können wir sie besuchen? Wie lange dauert der Flug?»

Emma, die schon im Stehen begonnen hatte, von den Langustenschwänzen zu naschen, die Feluzzis Seafood-Platte krönten, sah verblüfft zu ihrem Mann. «Ich dachte, Sibylle geht dir auf die Nerven. Jetzt willst du zu ihr fahren?» Ein Besuch auf Barbados barg eventuelle Schwierigkeiten, von denen sie jedoch ihrem Mann nichts sagen durfte.

David stand vom Tisch auf und nahm Emma in die Arme. Er begann aufreizend seine Hüften an ihren zu reiben und sich mit ihr zu imaginären Calypsoklängen zu wiegen. «Ein Kurztrip in die Karibik, das wäre doch was. Sex, Reggae, Drogen – dafür ertrage ich auch deine Cousine.» Er knöpfte Emmas Jacke auf, zog das Seidenshirt aus dem Rockbund und fuhr mit beiden Händen über ihre zarte Haut, von ihrem Bauch hinauf zu den Brüsten.

«Was hast du vor?»

«Was denkst du?»

Statt einer Antwort öffnete sie den Gürtel seiner Hose

und schob ihre Hand in seinen Slip. Sie konnte bereits spüren, wie Davids Penis sich zitternd erhob und langsam unter ihren sanft streichelnden Fingern anschwoll. Er hatte noch nicht seine volle Größe und Härte erreicht, doch die Vorstellung genügte ihr, um sie ungeduldig werden zu lassen. Die Nässe in ihrem Höschen nahm zu. Es grenzte fast an ein Wunder, dass sie auch nach mehreren Ehejahren noch so verrückt nach einander waren.

Der Reißverschluss ihres eng geschnittenen Rockes wurde geöffnet. Langsam glitt der Rock zu Boden und gab David den Blick auf Emmas schlanke, doch gleichzeitig sportlich trainierte Beine frei. Sie trug halterlose durchsichtige Strümpfe, die den Ton ihrer Haut mehr unterstrichen als verhüllten. Jacke und Shirt folgten dem Rock und landeten auf dem Küchenfußboden, wo bereits Davids Hemd und Hose lagen.

Emma glaubte, er würde sie auf dem Küchentisch vögeln wollen oder ihre Möse wie eine köstliche Auster ausschlürfen, während sie breitbeinig auf dem Arbeitsblock saß. Doch weit gefehlt.

David setzte sich auf den mit rotem Leder bezogenen Hocker, der auf der einen Seite eine kleine Wölbung hatte, um der Wirbelsäule Stabilität beim Sitzen zu verleihen. Gleichzeitig federte die Sitzfläche etwas. Als David Emma auf seinen Schoß zog und sein Penis im selben Augenblick in ihr glitschiges Nest schlüpfte, schaukelte er auf dem Hocker hin und her – ein Gefühl, als würden sie sich sanft in einem Boot oder in einer Hollywoodschaukel wiegen. Der Hocker nahm den Rhythmus auf und verstärkte ihn, sodass sich die beiden ihm vollends hingeben konnten. Emma stellte sich auf die Zehenspitzen und ließ Davids Schwanz bis zur Spitze aus ihrer Möse gleiten. Diese Position behielt sie bei und reizte seine Eichel, bis es ihm fast zu viel wurde.

«Das halte ich nicht mehr lange aus.» Ein wollüstiges Grunzen stieg aus seiner Kehle. Er suchte sich krampfhaft zu beherrschen, um nicht jetzt schon loszuspritzen, und biss Emma unversehens in den Nacken. Das ließ sie zurück auf seinen Schoß sinken. Er hatte erreicht, was er wollte. Sein Schwanz erforschte erneut die saftige Tiefe ihrer Vagina, wurde dort aber jetzt, wie zur Strafe, von ihren inneren Muskeln festgehalten und massiert, sodass er erneut kurz vor dem Höhepunkt stand. Er spürte, wie es sich gefährlich in seinen Hoden zusammenzog.

«Reib meine Klitoris», forderte Emma ihn auf. Sie wollte gleichzeitig mit ihm kommen. Niemand verstand sich so gekonnt darauf, ihre Klitoris zu stimulieren, wie David. Mal sanft, mal fest, rieb er den vorwitzigen kleinen Knopf, der unter dieser Fürsorge und den Stößen seines Schwanzes weiter anschwoll und Emma zum Zittern brachte. Die kleinen Beben in ihrem Innern wurden größer und vereinigten sich zu einer großen ekstatischen Welle, die Emma fortriss und David keuchend in ihre lustvollen Schreie mit einstimmen ließ.

«Das ist so gut», stöhnte David mit versiegender Stimme und stieß ein letztes Mal in den dunklen, feuchten Teich ihrer beider Säfte. Emmas Scheidenmuskeln wollten ihm auch noch den allerletzten Tropfen ausquetschen, und er flehte sie um Gnade an.

«Es war doch deine Idee, in der Küche zu essen», keuchte sie noch ganz außer Atem und verschloss seinen Mund mit einem zärtlichen Kuss.

Kurz darauf standen sie nackt nebeneinander in der Küche und kosteten von den verführerischen Köstlichkeiten, die der Starkoch für sie zubereitet hatte.

«Du brauchst jetzt viel Eiweiß», sagte Emma und fütterte ihren Gatten liebevoll. Sie schmeckte ihn auf ihren Lippen und roch ihn am ganzen Körper. Das war für sie Aphrodisiakum genug. Weder Austern noch irgendwelche obskuren Liebestränke vermochten bei ihr dieselbe Wirkung zu erzielen.

David goss ein wenig vom eiskalten Champagner über Emmas Brüste, deren Nippel sofort hervorschossen wie kleine rosige Pilze. Er sog erst an der linken Brust, dann an der rechten und fragte dann schmunzelnd: «Nehmen wir uns diesmal Verpflegung mit ins Bett?»

# 2. Kapitel

China breitete das weiche Badetuch auf dem Bett aus. Sie stellte Flaschen und Tiegelchen auf den Nachttisch. In die Schale der Duftlampe, deren Stövchen bereits angezündet war, gab sie eine großzügige Gabe ihres speziellen Massageöls. Schon bald war der Raum vom würzigen Geruch des Öls erfüllt. Die kleine Sporttasche, in der sie diverse Liebeswerkzeuge bereithielt, schob China nah an das Bett.

«Ich bin so weit.» Sie drehte sich zu dem dunkelhaarigen Mann um, der im Türrahmen stand und sie die ganze Zeit über nicht aus den Augen ließ.

«Du wirst mir fehlen.» Aaron kam langsam auf China zu. Seine Erektion ragte ihr bereits in freudiger Erwartung entgegen. Wie eine zum Gruß ausgestreckte Hand.

«Ich werde dich auch vermissen. Unsere Sitzungen haben schon eine ganz eigene Qualität.»

Vor einem Dreivierteljahr war die zierliche junge Frau, deren Stammbaum chinesisches, englisches, wenige Tropfen indisches und hauptsächlich karibisches Blut aufwies, zur Sportmassage in Aarons Haus gekommen. Sie war ausgebildete Masseurin und Physiotherapeutin. Sie betreute zwei Cricket-Teams. In einem hatte bis vor einem Jahr ihr Freund Luiz gespielt. Es war keineswegs üblich, dass sich ihre Arbeit über das Massieren der verspannten Schulter-

und Rückenmuskulatur oder über spezifische krankengymnastische Übungen hinaus erstreckte. Doch zwischen Aaron und ihr hatte es sofort gefunkt. Zuerst ignorierten sie das beide eine Weile. Am Ende jedoch siegte die sexuelle Anziehung. Es war keine Liebe, aber es war verdammt guter Sex in vielen verschiedenen Spielformen, bei denen es fast kein Tabu gab.

China hatte einen neuen Job angenommen und wollte nach Puerto Rico ziehen. Dort leitete Luiz den Fitnessbereich in einem Luxushotel am Strand. China sollte dort als Masseurin arbeiten. Die Bezahlung würde viel besser, die Arbeit würde abwechslungsreicher sein und – sie würde wieder mit Luiz zusammen sein. Er war ihre große Liebe, und beide träumten bereits davon zu heiraten.

«Komm zu mir.» Sie ließ sich auf Aarons Bett gleiten und streckte die Arme nach ihm aus. Ihre nackten braunen Brüste, deren Nippel dunkelrosa hervorstachen, lockten ihn, und als sie die Beine ein wenig für ihn öffnete, entdeckte Aaron den kleinen nassen Fleck in ihrem Höschen, das ihre lustvoll geschwollenen Lippen kaum bedeckte.

Der Raum war in schmeichelndes Kerzenlicht getaucht. Durch die geöffneten Türen drang das Pfeifen der Frösche, das leise Rascheln der Palmblätter im Wind und das kräftige Rauschen der Brandung, die zu allen Geräuschen den beständigen Ton im Hintergrund bildete. Das perfekt aufeinander abgestimmte Orchester spielte seine nächtliche Sinfonie.

Aaron tauchte die Fingerspitzen in die Schale mit dem warmen Öl und tropfte damit zarte Fährten über Chinas Brüste. Die Warzenhöfe zogen sich zusammen. Die Nippel richteten sich noch steiler auf. Ein leises Zittern huschte über ihren Leib. Die feinen Härchen an den Armen stellten sich auf. Mit den Daumenkuppen massierte Aaron die Brustspitzen, bevor er die Brüste in die Hände nahm und behutsam knetete. China hob sich ihm entgegen, Oberkörper und Bauch drängten gegen seine Brust und seinen Schwanz. Ungeduldig streifte sie sich das Höschen herunter und rieb ihr dunkles Dreieck an seinem Schaft.

«Tauch tief in mich.»

Nur zu gern kam er ihrer Bitte nach. Er musste sich zusammennehmen, um nicht sofort in lange, heftige Stöße zu verfallen. China war heiß, feucht und bereit. Ihre nasse Möse umschloss ihn wie ein samtener Schraubstock. Sie folterte seinen harten Schwanz, indem sie ihre Muskeln spielen ließ und ihn immer fester umschloss. Er lechzte nach Erlösung. Aber nicht so und vor allem – nicht so rasch.

Mit einem Ruck löste er sich aus ihr.

China zeigte sich keineswegs enttäuscht. Sie umfasste seinen rot erregten Schwanz. Sie reizte mit der Hand seine Eichel. «Ich möchte zuschauen, wie du es dir selbst machst.» Sie kniete sich ans Bettende und sah ihn erwartungsvoll an.

Sie taten dies nicht zum ersten Mal. China erregte es ganz besonders, ihm beim Masturbieren zuzusehen. Einige Male hatte er es selbst zu Ende gebracht. Doch im letzten Augenblick hatte sie seinen Penis auch schon in den Mund genommen und ihn dort mit weichen Lippen und kräftigen Zungenschlägen kommen lassen.

Aaron griff erneut in das warme duftende Öl. Seine rechte Hand umschloss seinen Schaft und rieb vorsichtig entlang der Eichel. Sein Blut schien heißer in den Adern zu fließen, und er zwang sich ruhig ein- und auszuatmen. Er griff unter den schweren Hodensack, verrieb auch dort warmes Öl, bis er nur zu gut erkannte, dass er die Notbremse ziehen musste, um nicht vorschnell zu kommen. Er hielt in seiner erotischen Selbstmassage inne, doch China feuerte ihn sofort zu mehr an. Sie rückte wieder näher zu ihm, ohne ihn aus den Augen zu lassen. So saß sie nun mit gespreizten Beinen vor ihm, stützte sich rückwärtig auf ihre Arme. Ihre Muskeln waren gespannt. Aaron wusste, wie lange sie so verharren konnte. Sie war von der Arbeit gestählt.

Als wollte sie noch seine letzten Reserven ausloten, stützte sie sich nur noch auf den linken Arm und spreizte mit dem rechten Daumen und dem kleinen Finger ihre Schamlippen und schob den Mittelfinger zur Hälfte hinein. Das rosige, feuchte Schimmern lud ihn erneut ein, in sie hineinzustoßen. Doch er durfte nicht. Sie wollte ihm ja beim Masturbieren zusehen.

«Mach weiter», raunte sie, «ich will dich stöhnen und wimmern hören. Ich will dich spritzen sehen.»

Aaron versprach seinem harten, zuckenden Schwanz stumm den Himmel auf Erden. Er pumpte härter und intensivierte den Druck der Finger. Der glasige Tropfen an seiner gequälten Eichel wurde größer. Er atmete heftiger, stöhnte und ächzte mehr, als er es normalerweise tat, nur um China geiler und noch heißer zu machen. Falls eine Steigerung überhaupt noch möglich war. Der moschusartige Geruch, den sie verströmte, machte ihn jedes Mal erneut verrückt. Die Adern an seinem Schwanz traten jetzt deutlich hervor. Er spürte, wie es sich in seinen Hoden zusammenzog. Sein Orgasmus war nur noch wenige Atemzüge entfernt. Er würde ihn nicht mehr stoppen. Doch China wäre nicht

China, wenn sie das nicht genau erkannt hätte. Blitzschnell war sie über ihm. Sie hob seine Hüften leicht an, stülpte gleichzeitig ihre gierige Möse mit einer einzigen geschmeidigen Bewegung über seinen Schwanz und rammte im selben Augenblick einen Finger in seinen Anus.

Das Rauschen in seinen Ohren wurde lauter, sein Kopf schien zu platzen. Er schrie laut auf, und dann schoss der Samen in langen Stößen in sie hinein.

«Psst», flüsterte China nach einer Weile, «hörst du das?»

Aaron lauschte. Außer der Brandung und dem Rascheln der Palmen war nichts zu hören. «Ich höre nichts.»

«Eben. Den Fröschen hat es die Sprache verschlagen», kicherte sie. Sie setzte sich im Bett auf und sah sich suchend um. «Nichts mehr zu trinken da? Ich brauche unbedingt einen Schluck, bevor wir von vorn beginnen.»

Es würde eine lange Nacht werden.

Sibylle flog First Class. Sie hasste es, auf engem Raum eingesperrt zu sein, und war gern bereit, für ihren Komfort mehr Geld auszugeben. Etwas, das Tom nie verstand. Er sparte, wo immer er konnte. Sibylle hatte ihn oft damit aufgezogen, dass er, wenn er sich selbst Tee zubereiten würde, wahrscheinlich jeden Teebeutel mindestens dreimal verwenden würde.

«Sie fliegen also nicht nur zum Vergnügen nach Barbados?»

Sibylle blickte kurz von ihrem Notebook auf. Der Mann, der es sich mit verschiedenen Tageszeitungen, Taschenbüchern und einer halben Flasche Wein auf dem Sitz neben ihr gemütlich gemacht hatte, verdiente durchaus einen zweiten Blick. Warum nur war ihr das nicht gleich aufgefallen? Sein markantes Gesicht, das von tief liegenden dunkelbraunen Augen unter dichten dunkelblonden Augenbrauen beherrscht wurde, und die Falten um Augen und Mund machten ihn nicht schön, doch sehr interessant. Durch sein nackenlanges Haar zogen sich erste graue Strähnen. Der breite Silberring an seinem linken Mittelfinger und irgendetwas, das Sibylle nicht benennen konnte, ließ sie den Künstler in ihm erahnen. Der lässig geschnittene beige Leinenanzug komplettierte sein lockeres Äußeres. «Ich will mich auf der Insel erholen, muss aber gleichzeitig auch ein bisschen arbeiten. Ich hoffe sehr, dass die Karibik mir die Arbeit versüßen wird.»

«Waren Sie schon einmal auf Barbados?»

«Bislang habe ich ausschließlich in schlechterem Klima gearbeitet.»

Er lachte. «Und was arbeiten Sie?» Er beugte sich ein wenig weiter zu ihr hinüber und versuchte einen Blick in ihr Notebook zu erhaschen, das sie, schräg zu sich gewandt, aufgeklappt hatte.

«Ich schreibe Kriminalromane.»

«Wow. Schade. Ich lese fast nur Sachbücher.» Er wies auf die beiden Taschenbücher und einige Fachzeitschriften, die auf seinem Klapptisch lagen. «Aber was nicht ist, kann ja noch werden. Wenn Sie mir Ihren Namen verraten, werde ich mir zu Abwechslung einen Krimi genehmigen. Wer weiß, vielleicht komme ich ja auf den Geschmack. Etwas Aufregendes für die Nacht ist ja nie verkehrt.»

Normalerweise hätte Sibylle spätestens jetzt das Gespräch mit einer schroffen Bemerkung beendet, weil sie glücklich verheiratet war und es nicht nötig hatte, auf eine kaum versteckte Anmache einzugehen. Doch die Zeiten hatten sich geändert. Heute war alles anders. Sie befand sich quasi in ihrer ganz persönlichen Zwischenwelt, und es war an der Zeit, etwas Neues auszuprobieren. Die Karibik, und darin war für sie auch der Flug mit eingeschlossen, war die ideale Umgebung für einen Neuanfang. Der Typ war nicht viel älter als sie. Er machte einen gepflegten Eindruck. Seine dunklen Augen besaßen eine viel versprechende Tiefe. Entschlossen klappte sie das Notebook zu. Es sprach nichts gegen einen kleinen Flirt, um sich den Flug so angenehm wie möglich zu gestalten.

Wer konnte schon sagen, was daraus für Möglichkeiten erwuchsen? Und wenn es nur die Idee für einen ungewöhnlichen Mord sein würde? Auch das wäre ihr recht.

Gleich nachdem sie gelandet und aus dem Flugzeug gestiegen waren, hatte sie ihren Flugnachbar aus den Augen verloren. Sie wusste nur, dass sein Name Jonathan war und er ein kleines Haus auf Barbados besaß, in das er sich für zwei Wochen zurückziehen wollte. «Kreative Pause», hatte er es genannt. Jetzt sah sie ihrem Chauffeur Dennis dabei zu, wie er seine dunklen, schulterlangen Locken unter die rote Baseballkappe schob und übellaunig die drei Koffer und die Reisetasche im Kofferraum und auf der Rückbank des alten Volvo verstaute.

«Zahlen Sie mit Goldmünzen? Der Koffer», er wies auf einen schwarzen Schalenkoffer, «ist viel zu schwer für eine Frau.»

«Bücher. Im Koffer sind Bücher.» Sibylle hatte Kopfschmerzen und keine Lust, lange Erklärungen über ihr Gepäck abzugeben. Aus den Augenwinkeln sah sie ihren charmanten Flugnachbarn in eine dunkle Limousine steigen. Er winkte ihr noch kurz zu. Dann glitt der Wagen geräuschlos davon. Genervt wendete sie sich Dennis zu, der als Chauffeur und Gärtner auf «Bajan Dreams» fungierte, wie er sagte. Der Kerl sollte sie einfach nur auf dem schnellsten Wege zur Villa bringen, damit sie sich in einen dunklen Raum legen und die Stirn mit einem nassen Tuch kühlen konnte.

«Bücher.» Dennis schüttelte den Kopf und klemmte seinen muskelbepackten Körper hinters Steuer. «Es gibt genug zu lesen im Haus. Da muss man doch nicht so viel Krempel mit sich herumschleppen. Sie können auch ins Internet. Wir haben allen modernen Komfort, den man sich wünscht.»

«Gut zu wissen.» Sibylle fragte sich, warum für Dennis, der in Diensten eines Schriftstellers stand, Bücher so überflüssig oder exotisch waren. Womit verdiente sein Arbeitgeber schließlich das Geld, um ihm den Lohn zu zahlen?! «Wie lange dauert die Fahrt?»

«Nicht lange.»

«Es ist also nicht weit?»

«Nein.»

Ganz klar. Sie war abgeblitzt. Es dürfte schwierig werden, von Dennis irgendwelche Hilfeleistungen zu erbitten. Aber momentan brummte ihr Schädel dermaßen, dass sie sich darüber keine weiteren Gedanken machen wollte, respektive konnte.

Als das Flugzeug auf Barbados gelandet war, schaltete die Stewardess erneut diese nervenaufreibende Hintergrundmusik ein, vor der man auch in der First Class nicht verschont blieb. «I'm going to Barbados.» Dieser Song aus den siebziger Jahren dudelte nun wahrscheinlich den ganzen Tag über in ihrem Hirn, nur unterbrochen von dem hämmernden Klopfen in Schläfen und Stirn. Kein guter Start auf der tropischen Insel.

Wie zur Bestätigung setzte ein warmer Regenschauer ein.

Dennis hielt an einem winzigen roten Holzhaus, das typisch für die West Indies war – und für den Tourismus unentbehrlich. Sibylle hatte nicht genau verstanden, um was es ging. Unwichtig. Dennis wollte irgendetwas abholen. Sie wollte nur auf dem schnellsten Weg ins Bett. Und nun der berühmte Tropenregen. Wie gebannt stieg sie aus dem Wagen und breitete am Straßenrand stehend die Arme aus, hielt sogar dem warmen Regen ihr Gesicht entgegen. Die Wimperntusche sollte wasserfest sein. Man würde sehen.

Auf Hawaii werden die Gäste mit Blumenkränzen begrüßt. Und Barbados wartet mit warmem Regen auf, der Leib und Sinne massiert, dachte Sibylle und drehte sich, leise summend, um sich selbst herum. «I'm going to Barbados.»

Dennis schlug die Fahrertür hinter sich zu und steckte den Kopf zum Fenster hinaus. «Wir können fahren.»

Ein kurzer, viel sagender Blick streifte ihre Brüste, die sich unter der weißen, dünnen Leinenbluse abzeichneten. Sie hatte nicht bedacht, dass der Regen den extrem leichten Leinenstoff beinahe durchsichtig machte. Ihr hauchdünner Calvin-Klein-BH stützte zwar den Busen, aber er war nicht geeignet, ihn unter einer nassen Bluse zu verbergen.

Sibylle kannte sich selbst nicht wieder. Es war, als ob sie der Teufel ritt. Ganz langsam strich sie die nasse Bluse von den Brüsten bis zur Taille hin glatt, um ihn zu provozieren. Mit leicht geröteten Wangen, doch innerlich zufrieden schnurrend, stieg sie in den Wagen zurück, ohne Dennis eines einzigen Blickes zu würdigen.

Sie fuhren die Westküste der Insel entlang. Vorbei an Hotels und den kleinen bunten Häusern, die Sibylle sehr gefielen, weil sie ihre Phantasie anregten. Die Häuschen standen meist dicht an der Straße, während sich die luxuriösen Villen mit Pool, Tennisplatz und klimatisiertem Fitnessraum inklusive mehrköpfigem Personal hinter hohen Toren verbargen. Das erklärte ihr Dennis, dem es wohl letztlich doch nicht gefiel, schweigend mit dem Gast über die Insel zu fahren.

Die Straße wurde ein wenig schmaler und schlängelte sich hügelabwärts dem Meer entgegen.

Der Regen hörte auf. Die Schauer dauerten um diese Jahreszeit meist nur zehn oder fünfzehn Minuten. Auch das erklärte ihr Dennis.

Sibylle nahm es mit «aah» oder «hmm» zur Kenntnis und war froh, als sie endlich ihr Ziel erreichten: Bajan Dreams. Um die prächtige weiße Villa zog sich eine breite Holzveranda, auf der breite Sessel aus Korbgeflecht zum Verweilen einluden. Die hohen Fenster waren zur Sonnenseite hin durch weiße Fensterläden geschlossen und versprachen Sibylle ein schattiges, kühles Plätzchen, wo sie ihr schmerzendes Haupt betten konnte. Alle weiteren Eindrücke mussten erst einmal warten, bis sich der hämmernde Schmerz in ihren Schläfen gelegt hatte. Sie ließ sich vom Hausmädchen Carol ihr Schlafzimmer zeigen und teilte ihr freundlich mit, dass sie zwei Stunden Ruhe benötigte und vorerst keine anderen Wünsche hatte.

Nachdem sie sich bis zum Abend ein wenig ausgeruht hatte, machte sie sich frisch und zog zur Feier ihres ersten Abends auf der Trauminsel einen blau gemusterten, leger geschnitten Hosenanzug aus fast durchsichtigem Chiffon an. Sie schlenderte ein wenig durch den großen, gepflegten Garten von Bajan Dreams und ließ sich schließlich in der Abenddämmerung am Pool nieder.

«Herzlich willkommen in unserem kleinen Paradies.»

Ein großer, braun gebrannter, dunkelhaariger Mann in heller Sommerhose und buntem Hemd kam mit zwei bunt geschmückten Cocktailgläsern in Händen auf Sibylle zu. «Are you friendly enough for Barbados?»

»Bitte?» Für einen Augenblick dachte sie, Dennis habe sich bei diesem Mann, der wie Magnum aussah, über ihr unfreundliches Verhalten beschwert. Später begegnete ihr der Satz, der zum Slogan der Insel geworden war, immer wieder auf Werbetafeln und in Prospekten.

«Hi. Ich bin Aaron. Aaron Sherman. Ihr Nachbar.»

«Sibylle Parker.» Sie nahm einen der Cocktails und lächelte verhalten.

«Nur wenig Alkohol. Hauptsächlich frischer Fruchtsaft und dazu einen kräftigen Schuss Mount Gay Rum. Wie sich das gehört», versicherte der Nachbar.

Sibylle sah zum Haus, konnte aber niemanden entdecken. Weder Dennis noch Carol, die Hausmädchen, Köchin und Gesellschafterin in einem war, ließen sich sehen.

«Carol hat mich reingelassen. Sie wollte Ihnen gerade den Drink zum Pool bringen ...»

«Und da haben Sie sich ihnen angeschlossen. Den Drinks, meine ich.»

Er lachte. «Sozusagen.»

«Also sind Sie für die nächsten Wochen mein Nachbar.»

«Zu Ihrer Verfügung», schmunzelte er und mimte eine höfische Verbeugung.

«Was immer Sie damit auch meinen, wenn Sie sich zu meiner Verfügung halten – ich für meinen Teil werde keinen Gebrauch davon machen, weil ich einzig und allein meine Ruhe haben möchte. Ich will und muss arbeiten.» Sie merkte selbst, dass sie ein wenig zickig klang.

«Schreiben. Ich weiß.»

Verdutzt sah sie ihn an.

«Sibylle Parker. Kriminalschriftstellerin. Recht erfolgreich, möchte ich meinen. Ich habe einige Ihrer Bücher gelesen. Berufsinteresse.»

«Bin ich, ohne es zu wissen, in eine Schriftstellerenklave geraten? Mein unsichtbarer Gastgeber soll Schriftsteller sein. Sagt Emma, meine Agentin. Und Cousine.»

«Emma? Aah, Emma Lamb.»

»Die kennen Sie also auch?»

«Ziemlich gut sogar.»

«Wieso überrascht mich das nicht? Was weiß ich noch alles nicht? Über meinen Gastgeber, dieses Haus, meinen Nachbarn?»

«Zugegeben. Es klingt alles ein bisschen wie eine heimliche Verschwörung. Aber außer Ihnen werden nicht noch neun weitere Gäste auftauchen, denen dann vom Butler beim Dinner, wegen übler Schandtaten aus grauer Vorzeit, eine kollektive Mordandrohung serviert wird.»

«Wieso sind Sie da so sicher?»

«Man weiß zugegebenermaßen nie, wer hier als Nächster auftaucht, weil einige Besitzer ihre Häuser Freunden zur

Verfügung stellen, wenn sie selbst nicht hier sind. Vielleicht finden Sie hier noch Anregungen für Ihren nächsten Kriminalroman. Es gibt überall Intrigen und dunkle Geheimnisse.»

Irritiert sah sich Sibylle zum ersten Mal genauer um und entdeckte hinter und neben dem Pool die schemenhaften Umrisse weiterer Gebäude.

«Wie viele Villen gibt es hier?»

«Sechs. Eine ist noch größer als Ihre. Die meisten fallen jedoch ein bisschen bescheidener aus. Außerdem gibt es noch einen zweiten Pool, dann den kleinen Privatstrand, der auf Barbados eine Ausnahme ist, und zwei Tennisplätze. Als Gast dieser Anlage sind Sie im nahe gelegenen Golfclub des Sandy-Lane-Hotels jederzeit willkommen. Gegen einen entsprechenden Obolus selbstverständlich. Das Sandy Lane hat im Übrigen die beste Beautyfarm der Insel. Nicht dass Sie es nötig hätten. Aber so ein Wellnesstag bewirkt oft Wunder. Entspannung für Geist, Seele und Körper.»

«Na, da bin ich ja beruhigt. Ich dachte doch tatsächlich, ich wäre hier völlig allein und auf mich gestellt.» Sibylles Stimme war pure Ironie. Sie war auch ein bisschen sauer auf ihre Cousine, die ihr offensichtlich nicht alles über Bajan Dreams und die Nachbarschaft erzählt hatte.

«Wenn Sie es wünschen, wird Sie niemand belästigen.»

Carol kam vom Haus her mit wiegenden Schritten auf sie zu. Obwohl sie etwas übergewichtig war, hatte sie den leichten, tänzelnden Gang einer nervösen Stute vor dem Rennen. «Dinner. Ich habe für dich mit gedeckt, Aaron.»

Offensichtlich weiß ich einiges nicht, dachte Sibylle und zweifelte, ob sie hier wirklich die Ruhe zum Arbeiten finden würde, die Emma so gelobt hatte. Diese Carol blitzte Nachbar Aaron aus ihren dunklen Augen so lüstern an, dass mit nächtlichem Lustgestöhne zu rechnen war. Und darauf konnte Sibylle nun weiß Gott verzichten.

Als sie mitten in der Nacht erwachte, brauchte sie einen Augenblick, um sich zu erinnern, wo sie war. Durch das geöffnete Fenster drangen der Gesang der Frösche und die Klänge einer Steelband. Sie hatte bei ihrer Ankunft nicht darauf geachtet, ob sich ein Hotel oder eine Bar in der Nähe des Hauses befand. Nur so, meinte sie, ließen sich die Steelbandklänge erklären. Es war kitschig und romantisch in einem.

Sie streckte sich unter dem dünnen Laken, das als Decke genügte, und war fast wieder eingeschlafen, als sie nur schwerlich unterdrücktes Kichern hörte. Geräuschlos schlich sie ans Fenster und blickte in den schummrigen Garten hinunter, der von vier weit auseinander stehenden Lampen spärlich beleuchtet wurde. Die sternenklare Nacht tat ein Übriges, Licht ins Dunkel zu bringen.

«Was hältst du von ihr?», fragte eine Frauenstimme.

«Ein bisschen gehemmt. Ich denke, unter der zur Schau getragenen Distanz ist sie ganz umgänglich. Und noch ein Stückchen tiefer schlummert ein Vulkan.»

War das Dennis' Stimme, fragte sich Sibylle und lehnte sich angespannt lauschend vorsichtig ein Stück aus dem Fenster hinaus.

«Die ist eine zickige, übellaunige Eisbärin, die dich entweder gleich auffrisst oder zum Eiszapfen werden lässt. Wie Arnold Schwarzenegger in dem Film mit Batman. Wie hieß der noch gleich?»

Das war tatsächlich Dennis' Stimme. Sibylle war sich

jetzt sicher. Doch wer meinte dann, dass unter ihrer Distanz ein Vulkan schlummerte? Aaron Sherman?

Sie hatten doch von ihr gesprochen? Von wem sonst?

Jetzt sah Sibylle, wie ein Trio zum Strand hinüberschlenderte. Es waren Dennis, Carol und Aaron.

Was wollten die zu dritt am Strand? Mitten in der Nacht.

Sie wartete noch eine Weile am Fenster. Doch dann verließ sie ihren Posten und kroch unter das Laken zurück. Kurz darauf schlief sie ein. Sie träumte von Tom und von Deborah, die in schwarzen Lackstiefeln und eng anliegendem Lederbody mit einer Peitsche knallte. Und Tom machte Männchen wie ein Löwe in der Zirkusarena.

Schweißgebadet schreckte sie aus dem Schlaf hoch. Wie lange hatte sie geschlafen? Es fühlte sich an, als wären es nur Minuten gewesen. Waren die drei vom Strandausflug zurück? Als folge sie dem fernen Ruf der Sirenen, schlich sie in die mondhelle Nacht hinunter zum Strand, auf den unsichtbaren Spuren von Carol, Aaron und Dennis.

Der Wind kam vom Land und trieb kleine Wolken hinaus aufs Meer, die auf ihrem nächtlichen Weg in die Weite sanft über den Mond strichen, ihn in ihr nebliges Gespinst hüllten und dann wieder freigaben, damit er erneut die drei auf dem Strand ineinander verschlungenen Körper beleuchtete.

Sibylle blieb bei ihrem Anblick abrupt stehen und hielt den Atem an. Sie brauchte einen kurzen Moment, um die Gliedmaßen, die nur wenige Meter von ihr entfernt miteinander rangen, zuzuordnen, doch das lag mehr an der Dunkelheit als an ihren mangelnden anatomischen Kenntnissen oder fehlender erotischer Phantasie.

«Jetzt bin ich dran», befahl Dennis.

Carol und Aaron veränderten ihre Positionen, ohne dabei die Lippen voneinander zu lösen. Sie küssten sich noch, als Aaron unter Carol zu liegen kam, die schon ihre kräftigen Schenkel spreizte und sich gemächlich auf ihm und seinem steifen Pint niederließ.

«Das ist das Tor zum Nirwana», meinte Carol.

«Nein. Das ist hier.» Dennis kniete hinter Carol. Er griff mit beiden Händen von unten ihre breiten, schwingenden Pobacken und unterstützte so Carols Ritt auf Aarons Schwanz. Dann verfiel er mit den Händen in einen eigenen Rhythmus, der einem schnelleren Takt gehorchte und offenbar Carols Orgasmus beschleunigte. Ihr Keuchen wurde heftiger. Sie feuerte Dennis an. Doch da wurden seine Bewegungen langsamer. «Du hattest schon zweimal dein Vergnügen», murrte er. «Jetzt sind wir dran.» Sein dunkelbrauner Schwanz, der Sibylle sehr an den eines Hengstes erinnerte, schwang aufgerichtet hinter Carols Anus und wurde nun langsam, doch unerbittlich ins Nirwana eingeführt. Carol verhielt sich nun ganz still. Sibylle glaubte zu sehen, wie die dunkelhäutige Schöne sich konzentrierte, um locker zu lassen, damit dieser Riesenknüppel sie nicht innerlich zerriss. Auch Aaron bewegte sich nicht, bis Dennis' Tiefseetaucher die Tausendmetergrenze erreicht hatte.

«Spürst du mich? Fühlst du diesen geilen, mächtigen Voodoopriester in dir tanzen und zucken?» Dennis begann jetzt, sich vor und zurück zu bewegen. Seine Stimme klang rau und hatte einen fast bedrohlichen Unterton.

Sibylle stellte sich die beiden Schwänze vor, die jetzt, dicht an dicht, nur durch eine dünne Haut getrennt, in Carol aneinander rieben. Spürte sie Lust? Machte die Szene sie an? Sie fühlte ihre eigene Nässe und das eindeutige

Zucken von Klitoris und Möse. Sie war eine Voyeurin und – sie würde gleich einen Orgasmus haben, ohne auch nur angefasst worden zu sein.

Vorsichtig bewegten sich die Männer in Carol, doch die wollte es wilder und feuerte sie erneut an, ihr alles zu geben. «Fickt mich! Ja, fickt mich.»

Dennis schien keine weitere Einladung zu brauchen. Er stieß mit beherrschter Kraft zu und gab dabei grunzende, tierische Laute von sich, die Sibylle noch mehr erregten.

«Fester! Härter!», schrie Carol.

Sibylle versuchte Aarons Gesicht zu sehen. Er gab keinen Ton von sich, sondern rieb nur Carols schwere Brüste, die einladend über ihm hingen. Er schlang die süßen, dunklen Kirschen in seinen Mund. Carol, die weit über ihn gebeugt war und sich mit aller Kraft ihrer kräftigen Arme auf ihre Handflächen gestützt hielt, um unter dem Ansturm von hinten nicht zusammenzubrechen, bleckte wie eine läufige Hündin die Zähne und zischte Aaron an, er solle sie ficken, nicht fressen.

Aaron wandte den Kopf und holte vor dem finalen Stoß noch einmal Atem. Sein Blick traf Sibylles und hielt ihn gebannt, bis er mit heiserem Schrei seinen Samen in Carol spritzte, die fast zeitgleich kam und dann endlich unter der Last von Dennis zusammenbrach.

Sibylle kam im selben Moment und biss sich fest auf die Knöchel ihrer Finger, um nicht die Aufmerksamkeit der zwei anderen zu erwecken. Aber das erwies sich als sinnlos. Carol und Dennis folgten Aarons Blick. Sibylle stand wie gebannt da, und ehe sie Gelegenheit zur Flucht hatte, war Dennis aufgestanden und hatte sie aus ihrem Versteck gezogen.

«Hast du Lust mitzumachen?»

Sie warf einen flüchtigen Blick auf Dennis' Schwanz und staunte nicht schlecht. Er hatte noch fast die gleichen Ausmaße wie vor seinem Ritt ins Nirwana. Wie machte der Kerl das? Sibylle wollte gehen, doch ihre Füße wollten sich nicht bewegen.

Carol, wieder zu Atem gekommen, zog Sibylle nun zu sich hinunter auf die Decke. «Wir tun nichts, was du nicht möchtest», raunte sie ihr ins Ohr.

Sibylle schloss die Augen und ließ es geschehen. Dies war nicht die Wirklichkeit. Dies war ein Traum.

# 3. Kapitel

Am nächsten Morgen ließ Sibylle sich das Frühstück von Carol auf der offenen Veranda servieren. Auch wenn ihr Aufenthalt auf der Insel den Zweck hatte, ihr Manuskript fertig zu stellen, wollte sie die Zeit doch auch genießen und ein wenig das Gefühl haben, Urlaub zu machen. Sie schob den mit schlichtem weißem Porzellan gedeckten Tisch aus geflochtenem Korb näher an das Geländer der Veranda, um so von ihrem Korbsessel aus die Kolibris zu beobachten, die bereits wieder eifrig Nektar aus den violetten Hibiskusblüten sogen. Sibylle meinte, in ein dreidimensionales Kalenderblatt einzutauchen, so unwirklich schien ihr die Umgebung. Der Kontrast zu dem, was sie in New York zurückgelassen hatte, war enorm. Die Trümmer ihrer Ehe bildeten einen dicken grauen Klumpen, der hinter ihr lag, dessen Staub aber noch an ihr haftete und ihre Seele erstickte. Mit voranschreitendem Alter verlor man als Frau ohnehin schon einen Teil der jugendlichen Unbeschwertheit und Leichtigkeit. Die Lebenszeit wurde endlich, und man wurde sich bewusst, dass sie wie Sand durch ein Uhrglas rann. Zumindest hatte Sibylle es in den letzten Jahren zunehmend so empfunden. Eine Scheidung war wirklich das Letzte, was sie für ihr Leben einkalkuliert hatte. Die wenigsten Ehen waren nach ein paar Jahren noch so prickelnd wie zu Beginn. Aber deswegen gleich an Scheidung denken?

Sie starrte fasziniert auf die winzigen Vögel, die emsig herumschwirrten und sich von ihr bei der Nahrungsaufnahme überhaupt nicht stören ließen. Ob sie jemals wieder in der Lage sein würde, ihr Leben so frei und unbeschwert zu genießen wie diese kleinen Geschöpfe?

«Hast du noch einen Wunsch?» Carol war unbemerkt an den Tisch getreten, räumte das leer gegessene Müslischälchen auf ein Tablett und schenkte ihr Kaffee nach.

Wenn Carol so tun wollte, als sei letzte Nacht nichts geschehen, war ihr das recht. Sibylle reckte sich genüsslich und gab dabei maunzende Geräusche von sich, die ein Lächeln ins Gesicht des Hausmädchens zauberten. «Momentan bin ich wunschlos glücklich und zufrieden. Wie die Katze, die die Milch ausgeschleckt hat.»

«Gut». Carol lächelte geheimnisvoll. «Dann fahre ich jetzt mit Dennis nach Bridgetown. Es sei denn, du brauchst Dennis.» Abwartend blieb Carol am anderen Ende der Veranda stehen. Sie lächelte noch immer.

«Fahrt nur», antwortete Sybille. Als Carol bereits von der Bildfläche verschwunden war, meinte sich Sibylle an einen provokanten Unterton in Carols Stimme zu erinnern. Wofür sollte sie Dennis brauchen? Als Chauffeur, um einen Ausflug über die Insel zu machen? Oder hatte Carol doch eine Anspielung auf die nächtlichen Aktionen machen wollen? Entschlossen verdrängte sie diesen Gedanken. Sie schwor sich, Dennis lediglich als Chauffeur zu nutzen. Für Liebesspiele war er ihr entschieden zu gut gebaut.

Im Bewusstsein, allein im Haus zu sein, streifte sie kurz darauf durch die Räume und ertappte sich trotzdem dabei, wie sie verstohlen wie ein Dieb durch die Zimmer schlich.

Eine weibliche Hand ließ sich bei der Einrichtung nicht

leugnen. Im Hauptraum überwogen die Farben Lindgrün und Beige. Kontraste wurden durch das dunkle Holz der einzelnen Sessel im Plantagenstil gesetzt, die so zusammengestellt waren, dass sie ein dick gepolstertes Sofa bildeten. An den Wänden hingen Gemälde im naiven Stil. Auf dem einen war in grellbunten Tönen ein buntes Marktgewimmel gezeichnet, auf dem anderen standen vor hohen Kokospalmen zwei typische bunte Häuschen. Im Vordergrund bot eine dicke Frau im Schatten eines giftgrünen Sonnenschirms Kokosnüsse feil. Als Schirmständer diente ein umfunktioniertes Ölfass, vor dem ein Junge mit zurückgeneigtem Kopf stand und den Saft aus einer aufgeschlagenen Kokosnuss trank. «Coconut Wonder», las Sibylle in der linken Ecke des Gemäldes neben der Signatur Jil Sherman. Sie fragte sich, ob Jil Sherman vielleicht mit Aaron Sherman verwandt war. Doch dann sagte sie sich tadelnd, dass Sherman kein seltener Name war. Warum dachte sie ausgerechnet an Aaron? Warum vergaß sie seine Bemerkung, unter ihrer zur Schau getragenen Kälte schlummere ein Vulkan, nicht einfach? Es sollte ihr egal sein, was ein dahergelaufener Aaron Sherman von ihr dachte. Sie hoffte, seine vorschnelle Meinung über sie hatte in der vergangenen Nacht eine Änderung erfahren. Früher hatte sie die Meinung anderer wenig interessiert. Aber früher, das war die Zeit vor Tom und Deborah, gestand sie sich ein. Plötzlich konnte sie die Tränen nicht länger zurückhalten, die ihr jetzt wie kleine Bäche nach der Schneeschmelze die Wangen herabliefen. Und so, wie sich im Frühjahr in den Bächen Geröll mit Schneewasser mischte, waren es nun zum Teil Tränen der Trauer, gemischt mit denen der ohnmächtigen Wut, die Sibylle vergoss.

«Reiß dich zusammen, Billie. Geh schwimmen, und danach setz dich endlich an dein Manuskript.» Emmas tadelnde Stimme dröhnte so laut in Sibylles Kopf, als stünde die Cousine direkt neben ihr. Tief durchatmend gehorchte sie. Sie schlüpfte in ihrem Zimmer in den neuen Badeanzug, den sie sich wie im Rausch mit mindestens zwanzig anderen Artikeln zum Trost gekauft hatte, bevor sie in die Karibik aufgebrochen war. Sie warf Sonnencreme, einen kleinen Hut, Handtuch und Strandsandaletten in die kleine, ebenfalls neue Basttasche, griff sich in der Bibliothek im Vorbeigehen ein Taschenbuch und nahm dann denselben Weg zum Strand, den sie bereits in der vergangenen Nacht genommen hatte.

Sie hatte den kleinen Privatstrand für sich allein. Offensichtlich waren die übrigen Hausbesitzer oder Gäste der Anlage nicht in Strandlaune. So schob sie eine der bequemen Strandliegen an die schönste Stelle am Strand und ließ sich darauf nieder. Bevor sie sich dem Taschenbuch oder dem Ritual des Eincremens widmen würde, wollte sie für einen Augenblick nur den Blick auf das smaragdgrüne Meer genießen. Weit draußen am Horizont meinte sie eine leichte Brandung auszumachen und schloss daraufhin auf ein vorgelagertes Riff. Zwei Windsurfer schnitten durchs Wasser, ganz in ihre Passion versunken. Sibylle hatte ein einziges Mal versucht, auf so einem Surfbrett zu stehen. Sie scheiterte kläglich und war Toms Spott ausgesetzt, weil sie keine weiteren Versuche unternahm, sich auf der glatten Fläche des Brettes zu halten. Tom warf ihr vor, sie wolle immer in allem gleich perfekt sein.

«Du hast es doch noch nie versucht, wie kannst du gleich nach dem ersten Mal aufgeben?» Dann hatte er herzhaft gelacht. «Obwohl ich sagen muss, dass du ausgesprochen blöd geguckt hast, als du ins Wasser fielst. Du bist und bleibst eben unsportlich.» Er hatte keine Geduld mit ihr und sich, entgegen seiner klugen Reden, nicht länger um ihre Anfangsschwierigkeiten gekümmert und war wieder allein gesurft.

«Hast du an den Sonnenschutz gedacht?»

Sibylle schreckte aus ihren Erinnerungen hoch, beschirmte die grünen Augen, die die Farbe des Meeres hatten, mit der Hand und erkannte Aaron, der sich neben sie in den Sand fallen ließ.

«Habe ich.» Sie winkte ihm mit der Tube Sonnencreme zu.

«Dann ist es ja gut», murmelte er, streckte sich, scheinbar nicht weiter an einem Gespräch interessiert, auf seinem Strandtuch aus und schloss die Augen.

Sibylle wischte irritiert ein paar Sandkörner von ihrem Bein und betrachtete dabei verstohlen den männlichen Körper neben sich. Er trug eine knapp sitzende Badehose, deren Ausbuchtung zwischen seinen dunkel behaarten Schenkeln ihre Phantasie weckte. Eigentlich neigte sie nicht zu solchen Gedanken. Wie oft hatte Emma sie schon auf den einen oder anderen attraktiven Mann aufmerksam gemacht, der im Restaurant am Nachbartisch saß oder sie im Fahrstuhl mit den Augen vermaß. Nie fielen ihr diese Männer auf, geschweige denn, dass sie auch nur einen Gedanken daran verschwendete, ob es sich bei den Typen um gute oder schlechte Liebhaber handelte. Emma phantasierte gern in diese Richtung und ließ die Cousine gelegentlich an ihren gedanklichen Ausschweifungen teilhaben. Doch Sibylle hatte sich nie dafür interessiert.

Was also, zum Teufel, hatte Aaron Sherman an sich, dass sie seit ihrer Ankunft auf Bajan Dreams so oft an ihn dachte? Warum genügte seine Anwesenheit, dass sie ein sanftes Kribbeln im Bauch spürte, das sich langsam abwärts zwischen ihre Schenkel bewegte und sich in ihr feucht werdendes Nest einkuschelte? Er war ein guter Liebhaber. Einer, der sich Zeit ließ und sich der Frau widmete, mit der er zusammen war. Er war ein einfühlsamer, zärtlicher, sanfter Mann, der im richtigen Augenblick Stärke zeigte und seine Geliebte in den gemeinsamen Orgasmus mitriss. Das dachte sie immerzu. Sibylle spürte, wie sie die Erinnerung an die vergangene Nacht erröten ließ und sich die Feuchtigkeit zwischen ihren Schenkeln weiter ausbreitete.

«Du grübelst zu viel», murmelte Aaron, ohne zunächst die Augen zu öffnen. Dann richtete er sich doch auf, stützte sich rücklings auf die Ellenbogen und lächelte sie spitzbübisch an.

«Was du alles zu wissen glaubst.» Sibylle setzte ihren abweisendsten Blick auf und hoffte inständig, dass sie nicht wieder rot wurde.

«Hast du dich nicht gefragt, was ich nach der letzten Nacht von dir halte», fuhr er unbeirrt fort, «und fragst du dich nicht gerade jetzt, ob es wirklich so eine gute Idee war, nach Barbados zu fliegen? Du versuchst, der Vergangenheit zu entfliehen. Aber dass das niemandem gelingt, weißt du natürlich, mein Schatz.» Mit einem geschmeidigen Satz schnellte Aaron hoch, griff nach ihrer Hand und zog sie mit sich über den Strand zum Wasser. «Hör auf zu grübeln. Genieß einfach, was das Leben hier für dich bereithält.» Er machte mit dem rechten Arm eine umfassende Geste. «Atme den Duft des Meeres, schwimm im warmen Wasser, genieß Carols hervorragende Kochkünste, tanz zur Musik der Steelbands die Nächte durch. Lebe! Und liebe. Mich zum Beispiel.» Wohl in der Annahme, dass Sibylle ihm folgen würde, ließ er überraschend ihre Hand los, warf sich mit gestrecktem Körper ins Meer und kraulte mit kräftigen Zügen hinaus.

«Ich wusste gar nicht, dass du auch als Lebensberater unterwegs bist», rief sie ihm wütend nach. Ihre Stimme überschlug sich vor Wut. Was bildete sich dieser Kerl bloß ein? Sie stapfte zu ihrer Liege, griff im Vorbeigehen ihre Strandtasche und machte sich auf den Weg zurück zur Villa. Er hatte sie «mein Schatz» genannt. Gegen ihren Willen hatte sie das aufgewühlt und durcheinander gebracht. Was wollte er? Oder sollte sie sich besser fragen, was sie selbst wollte und wünschte?

Da ihr ein ruhiger Vormittag am Meer nicht vergönnt war, würde sie sich wohl oder übel an die Arbeit machen. Hoffentlich würde ihr das gelingen. Aaron Sherman blockierte jeden ihrer Gedanken, der sich nicht mit Sex befasste. Das begann langsam peinlich zu werden.

Kurz darauf stellte sie ihr Notebook im Arbeitszimmer ihres mysteriösen Gastgebers auf den Schreibtisch, startete das Programm und hoffte beim Lesen des bereits fertigen Textes in Verbindung mit ihrem neuen Konzept auf die zündende Idee, wie sie den Faden weiterspinnen konnte. Wer würde wen als Nächsten ermorden? Wer hatte das letzte Werk Angelicas verschwinden lassen?

Doch ihre Gedanken fanden unweigerlich den Weg zur vergangenen Nacht zurück.

Aaron hatte Carol und Dennis zu Statisten degradiert, um sich ihr allein zu widmen. Die beiden hatten das nicht weiter übel genommen und sich sogleich miteinander vergnügt. Aaron war blitzschnell in seine Kleidungsstücke geschlüpft und hatte Sibylle zu einem nächtlichen Spaziergang am Strand mitgenommen. Nachdem sie eine Weile schweigend nebeneinanderher gelaufen waren, hatten sie sich auf einer Liege niedergelassen, die zu einem der Nachbarhotels gehörte.

«Hat dich erschreckt, was du gesehen hast?»

«Ich bin heute einem Flugzeug entstiegen, nicht aus dem schützenden Elfenbeinturm entflohen.»

Aaron lachte.

«In letzter Zeit scheine ich eine ganz besondere Begabung zu entwickeln, in, sagen wir mal, *heikle* Situationen zu platzen.»

«Heißt das, so etwas passiert dir häufiger?»

«Mmh. Und glaube mir, wenn man selbst betroffen ist und jemanden in flagranti erwischt, obwohl man das gar nicht will, haut es einen um.»

«Du hast deinen Mann erwischt?»

«Leider. Hat wehgetan.» Aaron hatte über ihren nackten Arm gestrichen und damit eine Gänsehaut ausgelöst, die über ihren gesamten Körper gekrochen war.

Bislang hatte sie auf das Meer geschaut, das im dunklen Silbergrau schimmerte und vom Mond beschienen wurde. Es sah romantisch aus, hatte aber auch etwas Unheimliches. Jetzt hatte sie Aaron ihr Gesicht zugewandt. «Was ich vorhin gesehen habe …»

«Ja?»

«Also», sie hatte gezögert, fasste sich dann aber ein Herz, «was ich gesehen habe, ich meine euch drei, das hat mich sehr berührt.»

«Du fandest es aufregend. Hab ich Recht?»

«Ja.»

«Und du hast darauf reagiert?»

Sie war nicht darauf gefasst gewesen, dass er aufreizend über ihre Schenkel strich und dann seine Hand dazwischen schob und sich so gefährlich ihrer nassen Spalte näherte. Es gefiel ihr, und es fehlte nicht mehr viel, dann hätte sie ihn aufgefordert weiterzumachen. Hastig war sie aufgesprungen. «Ja, verdammt. Warum sollte ich nicht zugeben, dass es mich angemacht hat? Sehr sogar. Ich bin nicht aus Eis.»

«Ich weiß. In dir brodelt ein Vulkan. Das habe ich gleich gesehen.»

«Wehe, du verrätst mich», hatte sie gefaucht und dann über sich selbst lachen müssen. «Und kein Wort davon zu Emma, die du ja angeblich so gut kennst. Dann wäre mein mühsam aufgebautes Image dahin.»

Er hatte zum Schwur die Finger gehoben. «Heiliges Pfadfinderehrenwort. Ich verrate nichts.»

Hand in Hand, wie ein Liebespaar, waren sie später gemächlich zurückgeschlendert. Aaron hatte über Barbados und die Geschichte der Insel gesprochen, über Zuckerrohrernten und die Rumbrennereien, über Sklavenarbeit und die Zeit, als Barbados noch zu Großbritannien gehörte.

«Auf Martinique sagen die Alten im Hinblick auf die jahrhundertelange Fron als Sklaven in den Zuckerrohrfeldern, dass das Zuckerrohr von einem Schweinehund erschaffen wurde. Und sollte Gott es erfunden haben, dann ist Gott eben ein Schweinehund. Und noch eins sagen die Einheimischen: Das Gute am Rum ist, dass er dir nicht die Leber zerstört – er frisst vorher dein Gehirn auf.» Er hatte über Sibylles erstaunten Gesichtsausdruck herzlich lachen müssen. «In der nächsten Woche werde ich mit dir eine Rumbrennerei besichtigen. Du kannst ja nicht den ganzen Tag nur schreiben.»

Sibylle hatte das Prickeln im Nacken genossen, das Aarons Stimme bei ihr auslöste, und freudig zugestimmt. Er hatte es ganz leicht geschafft, ihre Befangenheit aufzulösen und dafür eine vertrauliche Nähe zwischen ihnen beiden aufzubauen, aus der mehr entstehen konnte.

Schließlich waren sie zur Bajan Dreams zurückgekehrt. Auf der hölzernen Veranda waren zwei große Windlichter entzündet worden und tauchten Tisch und Stühle in warmes Licht. Von Carol und Dennis war nichts zu sehen und zu hören gewesen.

«Die sind wohl schlafen gegangen», hatte Sibylle vermutet.

«Wer weiß», war seine Antwort gewesen. Er hatte ihr eine gute Nacht gewünscht, einen Kuss auf die Wange gegeben. Danach hatte er sie auf der Veranda stehen lassen und war im Dunkel des Gartens verschwunden. Alles irgendwie sehr romantisch. Vor lauter Aufregung und Anregung hatte sie im Anschluss die halbe Nacht am Konzept ihres Romans gebastelt und war erstaunlich gut vorangekommen.

## 4. Kapitel

«Die Villa ist ein Traum.» Sandy drehte sich um sich selbst und begann zu kichern. «Ich dachte, du wolltest nur Eindruck schinden, als du erzählt hast, dass wir ins Haus deiner Mutter gehen würden. Ich meine, sieh dir das doch nur an ...» Sie drehte sich erneut und sprang schließlich in Kevins Arme und umschlang seine Hüften mit beiden Beinen. Das kurze bunte Baumwollröckchen, das sie trug, rutschte, wie beabsichtigt, hoch und gab ihre langen, leicht gebräunten Beine frei.

«Habe ich dich jemals angelogen?» Kevin ging auf ihr Spiel ein und tat beleidigt.

«Noch nicht», meinte Sandy gedehnt, «aber meine Erfahrung mit Männern sagt mir, dass früher oder später alle schwindeln.»

«Aha. Aber Frauen und Mädchen schwindeln nie.»

«Nur in Notfällen.»

«Bevor das jetzt wieder eins dieser albernen Gespräche wird, die Mädchen ausschließlich mit Mädchen führen sollten, zeige ich dir lieber das Haus.» Langsam ließ er Sandy an sich hinabgleiten, bis ihre nackten Füße die glänzenden Holzdielen berührten und sie wieder fest auf dem Boden stand. Sandy hatte beim Hinabgleiten seine Erektion bemerkt und legte sanft ihre Hand darauf.

«Warum zeigst du mir nicht zuerst das Schlafzimmer?

Es ist bestimmt oben.» Ohne seine Antwort abzuwarten, stürmte sie die breite Holztreppe hinauf und öffnete den Flur entlang nacheinander alle Türen. «Das hier», bestimmte sie und drehte sich in dem sonnendurchfluteten Raum wie eine aufgezogene Ballerina, «dies wird unser Zimmer.»

«Ganz wie du willst», flüsterte Kevin dicht an ihren weichen vollen Lippen. Er strich mit der Zungenspitze über ihre Unterlippe, teilte dann ihre Lippen und drang mit seiner Zunge tief in ihren Mund. Er kannte die Wirkung, die dieses Versprechen bei ihr hatte. Mit einer Hand fuhr er in ihr Höschen, tauchte zwei Finger tief in ihr heißes Nest und ließ sich schwer atmend mit ihr auf das breite Bett fallen. Sie lag unter ihm und mühte sich, Rock und Höschen abzustreifen, während Kevin sich eilig seiner Shorts entledigte. Sie waren seit einem Jahr zusammen, doch der Sex war kein bisschen langweilig geworden. Jedes Mal fielen sie wie Verhungernde übereinander her. Als könnten sie ohne einander nicht leben. Kevin schob das geblümte Top hoch und umfing Sandys schwere Brüste mit beiden Händen. Mit den Daumen rieb er über die emporgereckten Brustwarzen, um sie noch mehr zu stimulieren. Wie kleine Kieselsteine drückten sie sich gegen seine Handflächen, und Sandy bog ihm ihren kräftigen Körper entgegen.

«Nun mach schon», forderte sie leise, aber bestimmt. «Ich will vögeln, nicht schmusen.» Blitzschnell drehte sie sich um, ging auf dem Bett auf die Knie und offerierte ihm von der Bettkante aus ihren nackten Hintern. Aufreizend langsam zog sie ihre Pobacken mit den Händen auseinander und legte die fruchtige, nasse Spalte frei. Bei diesem Anblick zog sich Kevins Lust schmerzhaft in seinen Hoden zusammen und suchte den Weg hinaus. Er dachte an dumme Witze, die seine Kumpel über Sex machten, er rief sich den Wetterbericht ins Gedächtnis zurück, den der Pilot bei der Landung auf Barbados an die Fluggäste verlesen hatte – alles, um sich zu beherrschen und nicht auf der Stelle loszuschießen, als er im Stehen seinen Schwanz nun tief in die köstliche Möse tauchte und rhythmisch kontrolliert zu stoßen begann, während Sandy wie ein Mantra «tiefer», «mehr», «oh, das ist gut» stöhnte. Er griff unter sie und knetete erneut ihre Brüste, die schwer hinabhingen. Einmal mehr bedauerte er, dass es ihm nicht möglich war, Sandy gleichzeitig von hinten zu nehmen und an ihren Brüsten zu saugen. Allein der Gedanke daran genügte, dass er die Kontrolle verlor und losspritzte. Sandy ließ sich davon mitreißen. Doch wie er wusste, war sie noch lange nicht ausreichend befriedigt. Sie würde ihm eine kurze Atempause gönnen, bevor sie seinen Schwanz mit Zunge und Händen zu neuem Leben erweckte, um in die nächste Runde zu gehen. Manchmal war sie so gierig, dass sie ihn bat, sie mit der Hand oder sogar mit der Faust zu ficken, weil es ihr zu lange dauerte, bis sein Penis wieder hart genug war. Doch heute kam seine Geliebte ihm irgendwie geheimnisvoll vor. Kevin ahnte, dass sie sich für die erste Nacht auf Barbados etwas ganz Besonderes ausgedacht hatte und dass dies hier nur das Vorspiel war.

China blickte Aaron prüfend an. Sie hatte seit zehn Minuten seinen Nacken und Rücken massiert, hatte sich den Beinen und Füßen gewidmet und zu guter Letzt noch mit kräftigen Strichen ihrer Handflächen eine Aloe-Vera-Massagelotion über Aarons gesamten Körper verteilt, ohne bei ihm die übliche Reaktion hervorzurufen. Sie stand vor seinem Bett, stützte die Hände auf ihre Hüften, lehnte sich mit dem Rücken gegen die Wand und fragte: «Was ist los?»

«Was meinst du?» Er stellte sich dumm.

«Du liegst wie tot auf dem Bett.» Sie zog einen Schmollmund.

Um einer langen Diskussion aus dem Weg zu gehen, zog er China dicht zu sich heran und begann, sie zärtlich zu küssen. «Besser?»

«Viel besser», schnurrte sie.

Er öffnete das knappe Bikinioberteil und strich mit dem Handrücken sanft über ihre Brüste. Doch er war nicht recht bei der Sache, wie China natürlich längst bemerkt hatte.

«Okay. Willst du reden?»

Aaron lachte. «Wir sind nicht verheiratet. Ich muss wohl kaum Rechenschaft ablegen, wenn ich einmal nicht geil über dich herfalle.»

«Liegt es an mir?» China machte es sich neben ihm bequem und kuschelte sich eng an Aaron. «Uns bleibt doch nicht mehr viel Zeit. Wenn ich fortgehe, werde ich tatsächlich bald eine ehrbare Ehefrau sein, die ihrem Gatten treu ergeben ist.» Sie rollte übertrieben die Augen und faltete heilig die Hände.

«Kann ich mir bei dir kaum vorstellen», unkte Aaron.

«Ich ja auch nicht», gab China zu. «Aber ich will mir Mühe geben. Und nun sag schon», sie zupfte an seinen Brusthaaren, bis er einen Schmerzenslaut von sich gab, «was ist los? Gibt es eine andere Frau?»

«Da. Schon wieder eine inquisitorische Frage.»

«Eine was?»

Er küsste sie mitten auf den Mund. Wenn sie auf verspielte Art das dumme kleine Mädchen mimte, war sie entzückend. Spätestens jetzt konnte man ihr nicht widerstehen. Doch es rührte sich noch immer nichts bei ihm. Er war eben nicht in der richtigen Stimmung.

«Carol sagt, ihr habt einen Gast?»

Carol, diese Plaudertasche, konnte nie den Mund halten. «Ja. Seit vier Tagen.» Er gab sich unbeteiligt.

«Und? Wie ist sie so?» China beobachtete Aaron lauernd.

«Nett. Warum?»

«Ist sie sexy? Macht sie dich an?»

«Sie ist ein ziemlicher Eisblock. Frag Carol, die wird es dir bestätigen.»

«Carol sagt, dass dir diese Sibylle Parker gefällt.»

Jetzt wurde Aaron langsam wütend. «Findest du dieses Gespräch nicht absurd? Du willst heiraten, du gehst nach San Juan zu deiner angeblich großen Liebe, du erzählst mir seit Wochen, wie toll dein Leben dort sein wird – und jetzt machst du auf eifersüchtige Geliebte. Ehrlich, Schatz», er tippte ihr mit dem Zeigefinger auf die Stirn, «du spinnst.»

Unwillig drehte China den Kopf weg, sprang auf und suchte ihre Kleider zusammen. In Windeseile war sie in ihre Shorts geschlüpft und hatte die Zipfel ihrer Bluse über dem Bauchnabel geknotet. «Ich werde ja morgen selbst sehen, was für ein Typ sie ist. Sie hat eine Behandlung gebucht. Eine Ganzkörper-Massage. Zur Entspannung.» Sie machte eine anzügliche Geste und zog das Wort Entspannung in die Länge, als sei damit etwas ganz anderes gemeint.

«Untersteh dich, ihr irgendwelchen Mist zu erzählen.»

«Was könnte ich schon erzählen? Außerdem ist dir die Frau doch egal, sagst du.» China rauschte türenknallend aus dem Raum, und Aaron glaubte, es röche in seinem Schlafzimmer nach Schwefel.

China war eine Hexe. Aber eine bezaubernde. Besonders wenn sie so kindisch wütend war, wie gerade eben.

«Hast du dich eingelebt?» Emma wartete am Telefon gespannt auf Sibylles Antwort. Am liebsten hätte sie sofort nach der Anzahl der Seiten gefragt, die die Cousine in den vergangenen Tagen geschrieben hatte, und sich nach eventuellen Abenteuern erkundigt, aber sie wollte nicht gleich mit der Tür ins Haus fallen.

«Du wirst es kaum glauben, aber ich fühle mich pudelwohl. Es herrschen angenehme fünfundzwanzig Grad Lufttemperatur, das Wasser hat nicht viel weniger. Das Essen, das Carol zubereitet, ist köstlich, und der Rumpunsch schmeckt phantastisch. Was will ich mehr?» Sibylle wusste genau, dass Emma eigentlich etwas ganz anderes hören wollte, doch sie spannte sie ein wenig auf die Folter.

«Und sonst?», fragte Emma scheinheilig. «Kommst du mit dem Manuskript voran? Du liegst hoffentlich nicht den halben Tag am Strand und träumst vor dich hin.»

«Wovon sollte ich träumen?»

«Von einem interessanten Mann. So einem dunkelhäutigen, allzeit bereiten Typen. Locker drauf, ein bisschen macho und verspielt, du weißt, was ich meine», gurrte sie.

«Du hast mich nach Barbados geschickt, nicht nach Jamaika, wo die karibischen Sexboys am Strand die Frauen aufgabeln. Hier ist alles noch ein bisschen steif und very british.»

«Steif ist doch okay.»

«Emmaah!»

«Billie! Dann schreibst du also?»

«Für dich gibt es nur zwei Dinge: Sex und Arbeit», rief Sibylle in den Hörer. «Entspann dich. Du kriegst rechtzeitig das Manuskript. Es war eine gute Idee von dir, mich herzuschicken. Eine sehr gute, sogar. Was auch immer den Knoten in meinem Gehirn platzen ließ – er ist geplatzt, und ich kann wieder schreiben. Endlich!»

«Wunderbar. Übrigens: Sex und Arbeit sind die wichtigsten Dinge im Leben. Das solltest du dir klar machen. Nimm diesen Spruch als Bildschirmschoner. Und nun will ich dich auch gar nicht länger von der Arbeit abhalten.» Emma hatte es jetzt eilig, das Gespräch zu beenden. «Küsschen. Ich melde mich wieder.» Sie gab Sibylle keine Chance zu einer Antwort und legte blitzschnell den Hörer auf. Gleich im Anschluss wählte sie eine weitere Nummer auf Barbados. «Unser Plan funktioniert», sagte sie, als sich der Teilnehmer am anderen Ende meldete. «Du leistest gute Arbeit.»

«Von Arbeit kann bisher nicht die Rede sein, Süße. Wenn du mal wieder eine Bitte dieser Art hast, kannst du dich gern an mich wenden.»

«Pass nur auf, dass du dich nicht verliebst», gab Emma zu bedenken. «Ich kenne Sibylle gut. Auf Dauer ist sie wahnsinnig anstrengend.»

Er ging nicht darauf ein. «Bleibt es dabei? Du kommst mit David auf die Insel?»

«Ja. David ist augenblicklich so romantisch. Am liebsten würde er mit mir die zweiten Flitterwochen in einem Gingerbread House verleben. Allein bei dem Gedanken daran bekomme ich Zahnweh.» In Gedanken stellte Emma sich eins dieser verschnörkelten, knallbunten Zuckerbäckerhäuschen vor, in denen es wahrscheinlich nur ein Plumpsklo und kein fließendes Wasser gab. Auf diese Art von Romantik verzichtete sie leichten Herzens.

«Ich wüsste nicht, dass es auf Barbados eins gibt. Soll ich danach Ausschau halten?», frotzelte der Mann am anderen Ende der Leitung. «Lass uns Schluss machen. Ich sehe deine Cousine gerade durch die Gartenanlage schlendern. Das ist die Gelegenheit für mich, ganz zufällig auch dort aufzutauchen. Bye.»

Emma legte auf und lächelte zufrieden vor sich hin. Alles lief wie geschmiert.

Sibylle musste sich auf andere Gedanken bringen. Bewegung tat ihr immer gut, wenn sie sich am Text festbiss und ihr nicht einfallen wollte, wie die folgende Szene aufgebaut sein könnte. Manches Mal hatte sie sich bereits gewünscht, in einen wirklichen Mordfall verwickelt zu werden, um Basisarbeit zu leisten. Einmal einem Ermittler bei seiner Arbeit über die Schulter schauen oder einmal, wenn sie sich Mut angetrunken hatte, einem Pathologen zusehen. Bislang hatte sie sich damit zufrieden gegeben, Informationen aus zweiter Hand zu erhalten. Aus erster Hand hieße ja wohl auch, ein Interview mit einem Mörder zu führen, womöglich im Todestrakt. Nein. Das ginge ihr doch zu weit.

«Hallo. Wohin des Weges?»

Beinahe wäre Sibylle mit Jonathan zusammengestoßen, der plötzlich, wie vom Himmel gefallen, vor ihr stand und sie angrinste. «Das kann wohl ich fragen. Ich wohne hier. Wenigstens für die nächsten Wochen.» Sibylles Herz raste vor Aufregung. Sie spürte das Adrenalin in jeder Zelle ihres Körpers.

«Na, das nenne ich eine Überraschung.» Aaron, in Shorts und grellbuntem Hawaiihemd, gesellte sich zu ihnen.

Größer kann der Kontrast kaum sein, dachte Sibylle und betrachtete den blonden Jonathan, der, wie frisch aus dem Ei gepellt, in khakifarbener Leinenhose und farblich abgestimmtem Kurzarmhemd mit Button-down-Kragen neben dem bunten Aaron wie der Vizepräsident der Barclays Bank wirkte. Wie hatte sie nur glauben können, er sei Künstler?

«Ich wusste gar nicht, dass du auch auf Barbados bist. Wolltest du nicht diesen Monat wegen einer Ausstellung in der Schweiz sein? Wo war das noch?» Aaron Sherman schien über Jonathans Auftauchen nicht erfreut.

«Ich war in der Schweiz. In Basel. Alles ist in trockenen Tüchern, wie man so sagt, und jetzt werde ich ein paar Tage in meiner bescheidenen Hütte ausspannen. Ein wenig Golf und Tennis spielen, schwimmen, lange schlafen – was man hier halt so macht, wenn man sich erholen möchte. Du hast doch nichts dagegen?» Während er sprach, schaute er ausschließlich Sibylle an, als wollte er ihr Innerstes erkunden.

Sibylle spürte die Feindseligkeit zwischen den Männern beinahe körperlich. «Wir haben uns auf dem Flug kennen gelernt», erklärte sie Aaron und lud die beiden Männer mit ihrem entzückendsten Lächeln auf einen Drink zu sich ein. Sie wollte zu gern erfahren, warum die beiden so angriffslustig wie zwei Kater waren, die abwartend umeinander herumschlichen, bevor sie sich gegenseitig die Krallen ins Fell schlugen.

Ein junges Pärchen stürzte aus der größten Villa am Ende der Gartenanlage und machte die drei durch lautes Lachen auf sich aufmerksam.

Kevin jagte Sandy vor sich her, die wie eine Gazelle

über die schmalen Blumenrabatten sprang und ihren Verfolger leicht abhängte.

«Noch eine Überraschung. Bloomberg Junior naht», stellte Aaron stirnrunzelnd fest.

«Bloomberg Junior? Muss ich den kennen?», fragte Sibylle.

«Kevin ist der Sohn von Raymond und Kate Bloomberg. Immobilien, Einkaufszentren, Bürohäuser. Diese Größenordnung. Er ist ein verwöhnter Bengel. Er liebt Partys, Mädchen, Alkohol, Wetten, gelegentlich auch Drogen. Und am besten alles gleichzeitig und sofort.» Aaron zog entnervt die Augenbrauen hoch. «Und das Püppchen an seiner Seite hat er wohl von der Frühchenstation entführt.»

Kaum hatte Aaron den Satz zu Ende gesprochen, erreichten Bloomberg Junior und Begleiterin die Gruppe. «Hallo Leute, schön euch zu sehen. Darf ich euch Sandy vorstellen?» Kevin, ein wenig außer Atem, legte besitzergreifend den Arm um die bildhübsche junge Blondine an seiner Seite. «Sandy, das sind mein Onkel Aaron Sherman, Jonathan Banks, ein Nachbar und», er sah Sibylle fragend an, «sorry, ich glaube, wir kennen uns noch nicht. Zu wem gehören Sie? Zu Jonathan oder zu Onkel Aaron?», fragte er dreist.

Aus der Vorstellungsrunde ergab sich eine lockere Konversation, daraus wieder eine fröhliche, immer größer werdende Runde am Pool und zu guter Letzt am frühen Abend ein Barbecue am Strand mit vierköpfiger Steelband, die jemand ebenso organisiert hatte wie das Essen und die Getränke. Sibylle vermutete, dass Carol und Dennis für Catering und Show verantwortlich zeichneten. Eine Art Telefonkette hatte wohl die Buschtrommel in den Bezirken St. James,

St. Thomas und St. Michael übernommen und alle Freunde und Bekannte zusammengerufen, die gerade nichts Besseres vorhatten, als sich am Strand zu vergnügen. Selbst von Bathsheba an der Ostküste der Insel hatten sich ein paar Surfjünger von ihren Brettern gelöst, um mit dabei zu sein. Sibylle staunte über die bunt zusammengewürfelte Gruppe von ungefähr fünfzig Personen aller Altersgruppen, die sich am Lagerfeuer tummelte und zur Steelband tanzte.

Was hatte Emma nur auf die absurde Idee gebracht, auf Barbados würde sie Ruhe zum Schreiben finden? Anregungen möglicherweise. Aber von Ruhe konnte nicht die Rede sein. Sibylle trank ihren dritten oder vierten Rumpunsch, lehnte sich zufrieden an den Stamm einer Palme und schloss die Augen, um das Rascheln der Palmwedel, die rhythmische Musik und das Lachen und Singen der übrigen Gäste um sie herum aufzusaugen wie ein Schwamm. In diesem Augenblick fühlte sie sich so weit von all ihren Problemen entfernt, als wäre sie auf der Venus gelandet und nicht auf dem östlichsten Außenposten der Kleinen Antillen.

«So in Gedanken versunken?» Jonathan trat von hinten an Sibylle heran und lehnte sich ebenfalls an den Stamm der Palme. Sein nackter Arm berührte ihren. Der Kontakt mit seiner Haut setzte ihren gesamten Körper unter Strom. Wahrscheinlich lag es am Rumpunsch, dass sie so sensibel reagierte, versuchte sie sich zu beruhigen.

«Ich plane gerade den nächsten Mord.»

Jonathan betrachtete lange die Gäste, die sich im Schein der Fackeln und des Lagerfeuers am Strand vergnügten. Er sagte nichts.

«Was ist?» Sein Schweigen machte Sibylle nervös.

«Ich habe gerade versucht, denjenigen herauszufinden, den du ermorden willst.»

«Zu welchem Ergebnis bist du gekommen?»

«Die dort.» Er wies auf eine zierliche dunkelhaarige Frau. Sie klebte an Aaron Sherman und hatte sich an seinen Lippen festgesaugt.

«Ich möchte wissen, was Carol dazu sagt, wenn sie ihn so sieht.» Sibylle kniff die Augen zusammen, um besser sehen zu können. Sie wünschte sich ein Fernglas herbei. «Kennst du diese kleine asiatische Schnecke?» Um ein Haar hätte sie eine bösartige Bemerkung gemacht über Flittchen und Männer, die alles vögelten, was nicht schnell genug flüchtete. Doch das hätte Jonathan missverstehen können.

«Ich glaube, sie heißt China. Sie ist Masseurin und betreut einige Sportmannschaften.»

«Wie diese Art der Betreuung aussieht, kann ich mir sehr gut vorstellen», murmelte Sibylle. China. Der passende Name für dieses asiatische Schnittchen.

«Bist du eifersüchtig?» Sein Gesicht kam dem ihren gefährlich nahe.

«Wie kommst du darauf? Ich mag es nur nicht, wenn in der Öffentlichkeit geknutscht wird.»

«Tatsächlich?» Seine Lippen umschlossen ihren Mund. Seine Zunge fuhr sanft und verlockend erst über ihre Oberlippe, dann bahnte sie sich einen Weg in ihren Mund.

Er schmeckte leicht bittersüß. Nach Früchten und schwerem Rum. Sibylle reagierte sofort und erwiderte seinen Kuss. Zuerst noch ein wenig verhalten, doch dann ging die Leidenschaft mit ihr durch. So kannte sie sich gar nicht, zumindest nicht in letzter Zeit. Erst gestern die Szene mit Aaron, Carol und Dennis am Strand und nun Jonathans

Kuss und seine Hände auf ihrem Rücken und auf ihrem Busen – wer konnte da ernsthaft erwarten, sie könne ihre Gefühle zurückhalten? Was diese Asiatin konnte, das konnte sie schon lange, und auf höherem Niveau. Sie wollte mehr, und sie wollte nicht darauf warten.

Jonathan zog sie mit sich zu dem hölzernen weißen Strandhäuschen, wo die Strandliegen, Polster und Handtücher gelagert wurden. Vorsichtig lugte er in den engen Raum hinein. «Ein Wunder. Aber dieses Versteck scheint gerade ungenutzt», lachte er. Mit einer Liege versperrte er von innen die Tür. «So sind wir vor unliebsamen Überraschungen geschützt», meinte er und zog sie schon auf den weichen Stapel der Polster. «Niemand kann dir vorwerfen, in der Öffentlichkeit zu knutschen.»

Weder ihre leichte Kleidung noch sie selbst leisteten ihm ernsthaften Widerstand. Sie verbot sich zu denken und schaltete alle Kontrollmechanismen aus. Jonathan roch nach Meer und Sonne und einem sündhaft teuren Aftershave. Sie knöpfte sein Hemd auf und strich über seine glatte, doch straffe Brust. Unter seiner formellen Kleidung blieben die Muskeln verborgen. Obwohl er offensichtlich seinen Körper trainierte, hatte er nichts mit einem Muskelprotz wie Schwarzenegger gemein. Seine Haut fühlte sich weich und seidig an. Im Dämmerlicht, das in der Strandhütte herrschte, waren keine Details zu erkennen, doch es genügte ihr vollauf, ihn zu spüren und zu schmecken. Sie küsste ihn intensiv und heftig, bis sie beide von ihrer Lust mitgerissen wurden und sich aneinander klammerten, als drohten sie im Meer unterzugehen. Sie leckte an seinem Ohr, knabberte am Ohrläppchen und spürte den Schauer, der ihn dabei durchrieselte.

«Hey, bist du sicher, dass du die Flammen auch löschen wirst, die du entfachst?»

Als Antwort befreite sie geschickt seinen voll erigierten Penis, legte ihre Hände auf seine Hüften und ging vor ihm auf die Knie. Voller Hingabe und voller Ungeduld widmete sie sich seinem Schwanz mit Lippen und Zunge. Sie leckte den harten Schaft entlang, umfing die pralle Eichel mit ihren weichen Lippen und drückte sie dann rhythmisch mit der Zunge gegen ihren Gaumen. Jonathan stöhnte und sog heftig die Luft ein.

«Pass auf, sonst beendest du es, bevor es richtig begonnen hat», warnte er.

Unbeirrt begann sie ihr zärtliches Spiel aufs Neue, doch dieses Mal schenkte sie seinen prallen, schweren Hoden ihre Aufmerksamkeit. Während sie weiter an Jonathans Schwanz lutschte, zupfte, streichelte und betupfte sie zart die Bällchen, als würde sie mit kleinen Tennisbällen spielen. Plötzlich ließ sie von ihnen ab und verschlang seinen Schwanz in ganzer Länge bis zur Wurzel.

«Nicht so schnell», stöhnte er. Jonathan entzog sich ihrem Genießermund, um seinerseits von ihren Säften zu naschen. Er zog sie zu sich hoch und bettete sie bequem auf den Polstern, sodass ihr Oberkörper ein wenig erhöht lag und ihr Rücken gestützt wurde. Mit den Händen spreizte er quälend langsam ihre Schenkel und näherte sich ihrer saftigen Spalte. Ihr Duft war berauschend und erinnerte ihn an süße, überreife Früchte und an den Geruch der Meeresalgen. Zärtlich zog er ihre Labien auseinander und stieß mit seiner Zunge in ihr feuchtes Nest. Als er nun ihre Klitoris abwechselnd mit Zungenspitze und Fingern umkreiste und rieb, wand sich Sibylle unter seinen zärtlichen Liebkosungen. Sie glaubte, diese süße Qual nicht mehr auszuhalten, genauso war es kurz zuvor Jonathan ergangen.

«Ich möchte dich in mir spüren.»

«So?» Er klopfte mit der Spitze seines harten Schaftes an den Eingang ihrer Möse und schob sich danach langsam in ihr weiches, nachgiebiges Fleisch.

Sie konnte nicht anders, als ihn mit ihren Schenkeln und Waden zu umschließen und ihn so noch tiefer in sich hineinzudrängen. Einen kurzen Moment blieben sie still liegen, doch schon gehorchten sie beide dem unwiderstehlichen Drang, sich zu bewegen. Sibylle lockerte die Umklammerung ihrer Beine. Er spreizte ihre Knie weit auseinander und glitt unermüdlich und mit nicht nachlassender Kraft in den gierigen, nassen Schlund ihrer Möse.

«Spürst du mich? Kannst du fühlen, wie geil ich auf dich bin?»

Sibylle warf die letzten Bedenken und Fesseln ihrer behüteten Erziehung über Bord und feuerte ihren Liebhaber an, sie fester und härter zu vögeln, bis ihre Stimme in lautes Keuchen überging und der nahende Orgasmus ihr fast den Atem verschlug. Ihre lustvollen Zuckungen waren so stark, dass sie gar nicht bemerkte, wie sie Jonathan heftig in die Schulter biss. Er stöhnte kurz auf. Als habe er auf dieses schmerzhafte Signal gewartet, ging er mit seinem Schwanz noch härter ran und rammte ihn ein letztes Mal in Sibylles nasse Möse.

Keuchend und schweißnass lagen sie nebeneinander auf den Polstern. Sibylle konnte gar nicht verstehen, was soeben mit ihr passiert war.

Jonathan starrte gegen die hölzernen Deckenlatten und machte dort einen Gecko aus, der auf der Suche nach einer Mahlzeit kopfüber an der Decke hing. «Das sollten wir wiederholen», murmelte er und küsste zärtlich ihr Ohr und ihren Hals. Sibylle konnte zunächst nur nicken.

«Beim nächsten Mal hätte ich gern etwas mehr Licht. Ich möchte deinen heißen Schwanz auch sehen und nicht nur fühlen und schmecken.» Sie strich zärtlich über seinen Lustspender, der jetzt nur noch wenig mit dem siegessicheren Schwanz von eben gemein hatte. Sie wunderte sich, dass sie mit Jonathan so offen sprach, als seien sie seit langem auf intimster Ebene vertraut. Niemals, in all den Jahren, war es ihr auch nur annähernd so leicht gefallen, so mit ihrem Ehemann zu sprechen. Und jetzt geschah es kurz hintereinander mit zwei ihr im Grunde fremden Männern. Letzte Nacht hatte sie ganz offen und frei mit Aaron über ihre sexuellen Phantasien geplaudert, und heute vögelte sie mit Jonathan. Sibylle kannte sich selbst nicht mehr.

Jemand klopfte heftig an die Tür. «Hey, wir brauchen ein paar Liegen und Kissen. Wer immer auch dort drin ist. Der Spaß ist vorbei.»

Sibylle erkannte die Stimme von Dennis. Der fehlte ihr gerade noch.

«Nur ein paar Minuten, dann kannst du deine Kissen haben.»

«Okay, Mann. Aber nicht länger!» Dennis trollte sich.

Sibylle und Jonathan zogen sich in Windeseile an. Sibylle hoffte, dass niemand sie dabei beobachtete, wie sie die Strandhütte verließ. Rasch gesellte sie sich zu einer Truppe ihr unbekannter junger Leute, die von der einen, ultimativen Welle träumten. Aus den Augenwinkeln beobachtete sie, wie Jonathan Dennis ein paar Liegenpolster brachte. Carol gesellte sich zu den beiden Männern und lehnte sich beim Sprechen an Dennis an. Sibylles Blick suchte weiter. Doch Aaron und die kleine Masseurin waren nirgendwo zu sehen. Warum spürte sie plötzlich so etwas wie einen kleinen Stich der Enttäuschung?

China suchte nach Aaron und fand ihn schließlich im Schatten einiger Palmen. Sein Gesichtsausdruck verhieß nichts Gutes. Rasch folgte sie seinem Blick und sah Sibylle und Jonathan miteinander sprechen. «Du bist eifersüchtig», stellte sie fest und rieb ihren nackten Schenkel an seiner Hüfte. Sie küsste ihn leidenschaftlich, bis er nicht mehr anders konnte, als auf das zu reagieren, was sie in ihm zu entfachen suchte. Aus den Augenwinkeln sah sie Jonathan mit Sibylle im Strandhaus verschwinden, und China tat ihr Möglichstes, damit Aaron das nicht bemerkte.

«Du bist ein verdammt hartnäckiges Luder», flüsterte er dicht an ihren Lippen.

«Wie gut, dass ich das bin», murmelte sie und strich zufrieden über die Ausbuchtung in seiner Hose. Endlich reagierte er wieder auf sie. Schnell öffnete sie seine Hose und zog vorsichtig den harten Penis heraus, der zuckte und sich ihr aufgeregt entgegendrängte. China setzte all ihr Geschick und ihre Erfahrung ein, um ihn bis aufs Blut zu reizen und noch geiler werden zu lassen. Wenn seine Eifersucht und sein Ärger dazu führten, dass er sie gleich heftig durchvögelte, so würde ihr das nur recht sein. Ihr war jedes Mittel recht, um mit Aaron Sherman zu vögeln. Sie wollte zwar Luiz heiraten und seine Kinder gebären, doch Luiz konnte sie niemals so befriedigen, wie Aaron es tat. Luiz führte zwar große Reden, doch im Bett war er nicht der große Held, der er zu sein glaubte. Deswegen wollte sie die gemeinsame Zeit mit Aaron bis zur letzten Sekunde auskosten und war auch nicht abgeneigt, sich in den letzten Wochen vor ihrem Ehestand mit dem einen oder anderen viel versprechend wirkenden Mann zu vergnügen.

«Ich will deinen harten Schwanz in mir spüren», keuchte sie. «Ich will deine Hände auf meinen Brüsten fühlen, möchte spüren, wie du an meinen Brustwarzen saugst, während ich auf dir sitze und dich reite.» Sie blickte ihn bei diesen Worten mit unschuldiger Kleinmädchenmiene an, die absolut im Kontrast zu ihren Worten stand.

«Komm mit.» Er drehte den tanzenden und singenden Menschen am Strand den Rücken zu, legte den Arm um ihre Schultern und zog sie mit sich. Sie liefen mit nackten Füßen durch den nassen Sand am Meer entlang. Ihre Beine wurden sanft von den Wellen umspült, und eine größere Welle spritzte so hoch, dass Chinas Bikinihöschen, das sie unter Shorts und einem Top trug, klitschnass wurde.

«Iih, jetzt bin ich zwischen den Beinen ganz nass», schimpfte sie.

«Das warst du schon vorher.» Aaron tat ungerührt. Am selben Platz, an dem er erst vor wenigen Stunden in der vorherigen Nacht mit Sibylle auf dem Baumstamm gesessen und aufs Meer geblickt hatte, machte er Halt, zog sich ungeduldig aus und ließ sich in den Sand fallen. «Zeit für deine Reitstunde.» Er lachte China herausfordernd an.

«Das lass ich mir nicht zweimal sagen.» Geschwind schlüpfte China aus Shorts und Bikinihöschen und schwang sich über Aarons harten Stab, den er ihr fast fürsorglich entgegenstreckte. Ihre Spalte war bereits so nass und die Labien so geschwollen, dass es ein Leichtes für sie war, an Aarons Schwanz auf und ab zu fahren, um ihn noch mehr zu erregen. Sie verdrängte den Schmerz, den der Sand an ihren Knien verursachte, und konzentrierte sich nur auf ihrer beider Lust. Mit den Fingern spreizte sie ihre geschwollenen Schamlippen auseinander, platzierte den erregten Kopf des Penis dazwischen und rieb sich darüber, bis Aarons Stöhnen lauter wurde. Spielerisch senkte sie sich ein kleines Stück, bis die pulsierende Eichel gerade eben in ihrer Möse verschwand. Nun hob und senkte sie sich leicht, als wollte sie seinen Penis qualvoll langsam Stück für Stück in sich aufnehmen. Dann hob sie die Hüften wieder an, um ihn zwischen den Schamlippen zu reiben und nach kurzem Innehalten erneut in sich aufzunehmen.

«Du bist ein Luder», keuchte Aaron und hob den Oberkörper, damit er an den Verschluss des Bikinioberteils gelangte. Er befreite ihre prallen Brüste, nahm die steifen Nippel zwischen Daumen und Zeigefinger, drückte und zupfte daran. Langsam lehnte er seinen Oberkörper zurück, bis er mit dem Rücken fast wieder den Sand berührte. Er behielt jedoch ihre steifen Warzen zwischen den Fingern, als wollte er sich daran festhalten. So nahm der Druck seiner Finger zu, was, wie er wusste, China unendlich genoss.

«Ja, kneif meine Titten», feuerte sie ihn auch schon an.

«Ich bin verrückt nach deinen Brüsten.» Erneut kam er hoch und schnappte mit den Zähnen erst nach der einen und dann nach der anderen Brustwarze.

China ließ sich aufstöhnend ganz auf seinen Schwanz fallen und begann einen wilden Ritt, als wollte sie nie wieder aufhören. «Ja, beiß mich. Saug an meinen Titten.» Ihre Bewegungen wurden noch heftiger, und sie schloss vor Verzückung die Augen. Ihre Möse krampfte sich fest um den harten, dicken Stab, auf dem sie hin und her fuhr. Immer mehr Säfte kamen ihr, und ihr erster kleiner Orgasmus umspülte Aarons Schwanz. Sie griff nach seinen Hoden und drückte sie mit ihren kräftigen Fingern immer stärker, als wollte sie eine Apfelsine ausdrücken. «Ich werde den letzten Tropfen Sperma aus dir herauspressen», drohte sie atemlos.

«Jetzt», stöhnte Aaron sich aufbäumend. In langen Stößen schoss sein Samen in China hinein, die sich an seinen Leib drückte, damit ihr ja kein Tropfen des Saftes entging. Ein weiterer Orgasmus schüttelte sie und ließ ihre Möse sich um Aarons kleiner werdenden Schwanz zusammenziehen, als wollte sie ihn nie wieder hergeben.

Schwer atmend lagen sie im Sand. China legte ihren Kopf auf Aarons Brust. Sie konnte seinen schnellen Herzschlag hören. Verträumt schloss sie die Augen und horchte nur auf den Rhythmus seines Herzens, die Geräusche des Meeres und die fernen Klänge der Steelband. Dass ihnen jemand gefolgt war und sie die ganze Zeit über aus dem Schatten der Palmen und Hibiskussträucher heraus argwöhnisch beobachtete, bemerkten sie beide nicht.

## 5. Kapitel

Sibylle saß bereits bei Sonnenaufgang mit dem Notebook auf der Veranda. Emma hätte ihre Freude daran, mich so zu sehen, dachte sie und tippte eifrig in die Tasten. Es war ein Flow, ein Sog, der sie mitriss und die Szenen und Dialoge in ihrem Kopf schneller entstehen ließ, als sie sie aufschreiben konnte. Die Leiche von Angelica Prescott war in ihrem Loft entdeckt worden, die Geier kreisten und rechneten sich fette Gewinne aus. Die Familienangehörigen stritten sich mit den beiden Galeristen, die sich mehr und mehr verdächtig machten. Endlich lief sie wieder zur alten Hochform auf. War es tatsächlich so, wie Emma es immer sagte, dass guter Sex beflügelte? Wie waren ihre früheren Bestseller entstanden? Hatte sie in den jeweiligen sehr guten Schreibphasen beflügelnden Sex mit Tom gehabt? Wenn es so war, hatte ihr Hirn die Erinnerung daran ausgelöscht.

«Spielst du Tennis?»

Überrascht sah Sibylle vom Notebook hoch und entdeckte Sandy, die am Geländer der Veranda lehnte. Sie trug ein kurzes weißes Tenniskleid mit rosa Streifen und schwang lässig einen Schläger in der Hand.

«Warum?»

«Kevin hat mich versetzt. Er ist mit Dennis nach Bridgetown zum Pferderennen gefahren. Jetzt fehlt mir ein Partner.»

«Ich habe lange nicht gespielt. Außerdem habe ich weder Schläger noch Schuhe dabei. Was ist es für ein Platz? Asche oder Gras?» Sie war noch nicht bis zu den Tennisplätzen am Ende das Gartens vorgedrungen.

«Es sind Sandplätze. Den Schläger kann ich dir leihen. Normale Sportschuhe tun es für ein Spiel doch auch. Und die Kleidung ist nicht so wichtig.»

Entschlossen klappte Sibylle den Computer zu. «Warum nicht?» Sie hatte in den letzten Tagen schon so viel getan, was sie normalerweise abgelehnt hätte: Sex mit einem beinahe Fremden, dann ihre voyeuristische Einlage am Strand ... warum nicht mal wieder Tennis spielen? Das war doch vergleichsweise harmlos. «Gib mir zehn Minuten», sagte sie und verschwand im Haus.

Kurz darauf standen sich die beiden Frauen auf dem Tennisplatz gegenüber und spielten sich ein. Sandy hatte kleinere Hände als Sibylle, daher war der Griff für ihre Partnerin etwas zu schmal, aber es ging schließlich nur darum, ein paar Bälle hin- und herzuschlagen. Dies war nicht Wimbledon.

«Okay, es kann losgehen. Du schlägst auf», rief Sandy. Das Spiel begann.

Obwohl es nur eine Freundschaftspartie war, kämpften sie wie Löwinnen um jeden Ball. Keine gab einen Punkt einfach so verloren.

Die möchte ich nicht zur Feindin haben, dachte Sibylle, als Sandy ihr auch nach einer halben Stunde noch einen angeschnittenen Ball unverhofft vor die Füße schmetterte, dass sie sich nur noch vor der Filzkugel in Sicherheit bringen konnte. «Hey, ich dachte, dies ist ein Freundschaftsspiel?»

«Das wäre doch langweilig», rief Sandy lachend. «Es geht im Leben doch schließlich nur darum zu siegen.»

«Survival of the fittest, the fittest lady.» Von den Frauen unbemerkt war Jonathan auf den Platz gekommen. Er schlenderte zu Sandy und Sibylle, die ihr Spiel beendet hatten. «Ich wollte dich vom Schreibtisch fortlocken und fragen, ob du Lust hast, mit zum Road-Tennis zu kommen. Ich hatte mich darauf eingestellt, alle meine Überredungskünste einzusetzen. Und wo finde ich dich?»

«Auf dem Tenniscourt.» Sibylle strahlte Jonathan an. «Was ist denn Road-Tennis?»

«Ein Spiel, das man meines Wissens auf Barbados erfunden hat. Es ist eine Mischung aus Tischtennis und Tennis, und man spielt es auf asphaltierten Plätzen.»

«Ein Spiel für Liliputaner», meinte Sandy verächtlich.

«Die Schläger sind kleiner als normale Tennisschläger. Daher muss man schon in die Knie gehen.»

«Ein Spiel für Zwerge. Sage ich doch.» Sandy goss sich Wasser aus der Trinkflasche über Arme und Dekolleté. «Ich geh dann mal. Bis später.» Ohne eine Antwort abzuwarten, griff sie sich die Sporttasche, drehte sich nach einigen Schritten jedoch noch einmal um und hauchte der vollkommen überrumpelten Sibylle einen Kuss auf den Mund. «Danke fürs Spiel.» Ohne sich umzudrehen, verließ sie mit wiegenden Hüften den Platz.

«Was war jetzt das?» Sibylle schüttelte ungläubig den Kopf. Dies war nicht nur ein freundschaftlicher Kuss gewesen. Dafür hatte Sandy ihn, trotz vorgetäuschter Flüchtigkeit, zu bewusst platziert.

«Keine Ahnung. Du?» Jonathan grinste und wartete, bis Sandy außer Sicht war. Dann beugte er sich zu Sibylle, hielt ihr Gesicht mit beiden Händen und küsste sie zärtlich mitten auf den Mund. «Hast du meine Küsse lieber?»

«Schon, ja, aber ich bin ganz verschwitzt.»

«Das stört mich nicht. Im Gegenteil, ich liebe dich, wenn du nass bist.» Jetzt küsste er sie hinter dem Ohr und fuhr mit der Zunge an ihrer Kehle entlang.

«Hey, du machst mich an.» Sibylle war plötzlich außer Atem. Jonathans Küsse ließen ihre Klit zum Leben erwachen. Wie machte er das?

«Das ist auch ganz meine Absicht.»

«Ich dachte, du willst zum Road-Tennis.»

«Danach.»

Sibylle fragte nicht lang, was ‹danach› hieß, und ging mit Jonathan ins Haus ihres unbekannten Gastgebers. In ihrem Schlafzimmer rissen sie sich gegenseitig die Kleider vom Leib und standen kurz darauf unter dem sanften Strahl der Dusche.

«Du bist so schön», raunte Jonathan mit bewunderndem Blick auf Sibylles nackten Leib.

Wann hatte sie das von ihrem Ehemann gehört? Es musste Jahre zurückliegen. Jonathans Bewunderung tat ihr so gut. Sie lächelte ihn an, drehte sich langsam unter dem Wasserstrahl und seifte sich genussvoll mit einem duftenden Duschgel ein, verrieb es über und unter ihren Brüsten, fuhr damit über ihren Bauch und schlüpfte dann mit den seifigen Fingern zwischen ihre Schenkel. Genau dorthin, wo sie Jonathan haben wollte.

Seine Erregung war nicht zu übersehen. «Lass mich.» Er verrieb sanft das Gel auf ihrem Schamhügel, bis es schäumte. Danach fanden seine Finger den Weg zu ihren Labien, widmeten sich jedoch mehr dem kleinen harten Lustknopf, der sich pochend hervordrängte und unter Jonathans zärtlicher Fürsorge weiter wuchs. Mit sanftem Druck drehte er Sibylle um, sodass sie zur gläsernen Duschtür gewandt stand. Instinktiv stützte sie sich mit den Händen an der beschlagenen Scheibe ab und wartete zitternd darauf, was ihm als Nächstes einfallen würde. Erst fasste er ihr langes, nasses Haar zusammen und legte es über ihrer einen Schulter zusammen, als wollte er es für ein Gemälde dekorieren. Dann spreizte er ihre Beine und massierte mit dem Duschschaum ihre kleinen Pobacken, zog und knetete sie und drückte sie, wie unabsichtlich, immer wieder auseinander. Sibylles Nässe nahm zu, und das lag, wie Jonathan nur zu gut wusste, nicht am Wasser der Dusche.

«Magst du es dort?» Er tupfte vorsichtig an ihr kleines, runzliges Loch.

«Ich weiß es nicht.» Sie zitterte erneut. «Doch. Ja. Ich mag es.»

«Wie sehr willst du mich?»

«Sehr», keuchte sie.

«Wo willst du mich spüren?»

«Überall.»

«Auch hier?» Wieder fuhr er um ihr kleines Loch, drang dieses Mal jedoch mit dem Finger ein winziges Stück in sie ein.

Sie fühlte einen Blitz durch ihren Leib fahren, der sie in Flammen setzte. Leise schrie sie auf und hoffte auf mehr. «Ja. Auch da.»

Zu ihrer Überraschung drehte er sie zurück und forderte sie auf, ihn vorzubereiten. Wortlos gehorchte sie. Sie ließ das Duschgel auf seine Schultern laufen und begann, es über seiner Brust und dem Bauch zu verreiben. Der dunkelblonde Haarstrich wies ihr den Weg zu seinem erigierten Schwanz und dem prallen Sack darunter. Zärtlich, als würde sie ein Baby waschen, widmete sie sich konzentriert seiner Reinigung. Mit schaumbedeckten Fingern fuhr sie in jede Hautfalte und schließlich auch in die Furche zwischen seinen knackigen Pobacken, um sich dort an seinem Anus zu revanchieren. Scharf zog er die Luft ein, als sie sich dort zu schaffen machte.

Und wieder war er es, der die Führung übernahm, den Wasserstrahl mehr aufdrehte und sich mit ihr darunter hin und her bewegte, bis jedes noch so kleine Seifenbläschen fortgespült war.

Gemeinsam gingen sie aus dem Bad hinüber zum Schlafzimmer. Sibylle konnte ihre Erregung und ihre Neugierde kaum zurückhalten.

Er warf alle Kissen und Decken von ihrem breiten Bett. Nun war nur noch das Laken da. «Leg dich auf den Bauch», forderte er. Kaum lag sie, spreizte er ihre Arme und Beine, als wollte er sie fesseln. «Dein Arsch ist anbetungswürdig. Er schreit geradezu danach, geschlagen zu werden.»

Sibylle zuckte zusammen, als hätte er seine Worte bereits wahr gemacht.

«Rühr dich nicht», flüsterte er. Langsam ließ er sich auf ihr nieder, bedeckte ihren Leib mit seinem. Wie aneinander gefesselt und gekreuzigt lagen sie dort. Seine Arme auf ihren Armen, seine Hände auf ihren Händen, sein Leib auf ihrem und seine Beine auf ihren Beinen. Mit den Füßen verhakte er sich an ihren Fesseln. Sie spürte das schwere Gewicht seines Körpers, das sie in die Matratze drückte, und genoss die Vorstellung, ihm ausgeliefert zu sein. Ohne dass er sich bewegte, fühlte sie, wie er verschiedene

Muskeln und Körperteile anspannte, was den Druck auf ihrem Körper verstärkte oder schwächte, auf jeden Fall jedoch köstliche Empfindungen in ihr weckte. Sein harter Schwanz drückte sich an ihre Pobacken. Als Jonathan nun begann, sich auf ihr zu bewegen, schob sich sein Stab in ihre feuchte, schleimige Spalte. Jonathan rieb sich in der Enge der Schamlippen und drückte vorn an ihre Klitoris. Dann koste er mit seinem Schwanz den Eingang ihrer Möse, bis er von ihren Säften getränkt leicht auf und ab glitt.

Sibylle dachte an die Szene am Strand. Sie sah noch einmal Carol vor sich, die auf Aaron liegend mit ihm vögelte, während sich Dennis an ihrem hinteren Loch zu schaffen machte. Sehnsüchtig stöhnte sie und wünschte, dass Jonathan es Dennis gleichtat. Doch sie würde ihn nicht darum bitten.

«Willst du, dass ich dich von hinten nehme?» Jonathans Lippen berührten beim Sprechen ihr Ohr. Ihr lief ein Schauer über den ganzen Körper.

«Ja», hauchte sie.

«In den Arsch?»

Sibylle erstarrte. Wie war es möglich, dass jemand, der wie ein konservativer Banker durchs Leben lief, so etwas sagte? Wie war es möglich, dass sie selbst ihren Ehemann für seine sexuellen Vorlieben verdammte und plötzlich eine eigene, ihr unbekannte Neugier an unbekannten Praktiken entdeckte? Und wie war es möglich, dass es sie anmachte, wenn so etwas gefragt wurde?

«Sag es mir! Sag: Fick mich.»

Sibylle gehorchte. «Fick mich.» Sie kannte sich selbst nicht mehr. Ihre Möse schrie nach einem harten Schwanz, der sie aufs Bett nagelte. Dafür würde sie beinahe alles sagen und tun.

«Sag: Fick mich in den Arsch», befahl Jonathan ihr.

«Ich kann nicht.»

«Willst du, dass ich dich in den Arsch ficke?»

«Mmh.»

«Dann sag es.»

«Ich kann das nicht zu dir sagen.» Sie biss vor lauter Lust ins Laken, doch diese Worte kamen ihr einfach nicht über die Lippen. Noch nicht. Sie spürte, wie ihr Liebhaber ihre Pobacken auseinander spreizte und ihren Anus mit seiner Zunge leckte und aufgeilte. Es heizte sie auf. Brennende Wellen rauschten heiß durch ihren Körper, der vor Nässe triefte. Doch sie brachte die Worte nicht hervor.

Plötzlich umfassten seine Hände ihre Taille und hoben sie etwas an. Sie lag nicht mehr, doch sie kniete auch nicht richtig auf dem Bett. Im selben Moment spürte sie, wie er zwei Finger, so weit es ging, in ihre Möse schob und begann, sie mit den Fingern zu ficken. Geschickt dehnte er die Wände ihrer Vagina, stieß mit seinen kräftigen langen Fingern vor und zurück und wühlte gar nicht mehr so sanft in ihr herum. Dann zog er die Finger aus ihr heraus. Sie fühlte sich leer und ausgehöhlt. Wortlos hielt Jonathan ihr die Finger an die Lippen, und sie sog und leckte daran, labte sich an ihrem eigenen klebrigen Saft. Endlich schob er seinen harten Schwanz in sie hinein. Jonathan hielt sie weiter, damit sie nicht unter seinem Ansturm zusammenbrach. Er stieß und rammte in ihre vorbereitete, weiche, nachgiebige Möse, die ihn fest umschloss. Nach einer Weile löste er eine Hand und stimulierte mit den Fingern erneut ihre Klitoris. Das Rauschen in ihren Ohren schwoll an wie ihr Lustknopf, der bis zur Unerträglichkeit zuckte.

«Komm», keuchte er. «Spürst du meinen heißen Schwanz, wie er in deiner süßen Möse zuckt und sich an ihren Säften erfrischt?»

Sie antwortete nicht, sondern konzentrierte sich auf den herannahenden Orgasmus, der nur noch Mikrosekunden entfernt war.

«Du hast so eine süße, enge Möse. Wie ein junges Mädchen. In deiner Möse ist es fast so eng, wie es in deinem Arsch sein wird. Doch jetzt will ich nicht länger warten. Jetzt ...!» Er knurrte wie ein Hund und krallte sich an ihrer Taille fest, als er mit heftigen Stößen in ihr kam.

Ungläubig betrachtete Sibylle sich im Spiegel. War ihr die Lust und Geilheit ins Gesicht geschrieben? Konnten andere in ihrem Gesicht lesen wie in einem offenen Buch? Möglicherweise hatte nur sie selbst sich etwas vorgemacht und andere, Männer und vielleicht auch Frauen, erkannten auf den ersten Blick ihre Schwanzgeilheit? Vielleicht hatte Emma sie in der Vergangenheit ja nicht grundlos auf die attraktiven Männer in ihrer Umgebung hingewiesen. Hatte ihre Cousine schon lange auf den Grund ihrer Seele geschaut und die lüsterne, mannstolle Frau gesehen, die sich hier auf Barbados langsam entpuppte und wie ein schillernder Schmetterling zum Vorschein kam?

Sibylle bändigte ihre langen dunklen Haare mit einem bunt gemusterten Haarreif, den sie in einem Drugstore erstanden hatte, weil er farblich perfekt zu dem neuen bunten Sommerkleid passte, das ein knalliges Dschungelmuster schmückte, auf dem bunte Papageien und Phantasieblüten miteinander konkurrierten. Ein Paar grüne flache Sandalen und eine grüne Basttasche komplettierten ihr Aussehen. In diesem bunten Outfit, dachte sie, würde sie besser zu Aaron passen als zu dem konservativ gekleideten Jonathan. Sie warf einen weiteren Blick in den Spiegel und fragte sich, was Aaron Sherman wohl gerade tat? Lag er mit China am Strand oder im Bett? Entschieden wischte sie den Gedanken an ihren derzeitigen Nachbarn zur Seite und kramte in ihrem Kosmetiktäschchen nach dem pinkfarbenen Lippenstift. Was scherte sie Aaron Sherman? Der hatte zu seinem Vergnügen diese kleine billige Asiatin. Sie hatte Jonathan. Da gab es keine zwei Meinungen, wer den besseren Partner gefunden hatte.

Noch zwei Tropfen Parfüm hinter die Ohren getupft, und dann war Sibylle bereit, mit Jonathan zum Road-Tennis zu gehen. Was immer sich auch dahinter verbergen mochte.

«Auf Barbados wird viel gewettet», erklärte Jonathan Sibylle. «Pferderennen, Hahnenkämpfe, Ziegenrennen. Die ganze bunte Palette.»

«Ziegenrennen?» Sibylle schaute Jonathan ungläubig an. Sie war sich nicht sicher, ob er sie nicht verulkte.

«Die Bajans spielen und wetten gern. Der britische Einfluss der Kolonialherren lässt sich nicht leugnen.»

«Das sieht man auch am Linksverkehr.»

Jonathan fädelte sich in den Kreisverkehr ein.

«Mit dem Linksverkehr käme ich nicht klar. Ehe ich mir dessen bewusst wäre, würde ich auf der falschen Seite fahren.»

«Heute bin ich dein Chauffeur. Du brauchst dir also keine Sorgen machen. Und sonst fährt dich Dennis. Dafür ist er ja da.»

«Ich bin mir über seine Aufgaben immer noch nicht so ganz im Klaren. Und Carols Funktion bereitet mir auch Schwierigkeiten. Ist sie nun Hausmädchen, Haushälterin oder was?»

«Betrachte sie einfach als gute Freundin und als guten Geist deines Hauses.» Er lächelte vieldeutig.

Sibylle zog es vor, das Thema zu wechseln, bevor er ihr ein Geheimnis enthüllte, das besser geheim blieb. Doch eine letzte Frage konnte sie nicht für sich behalten. «Sind Dennis und Carol ein Paar?»

Wieder lächelte er verhalten. «Wie man es nimmt.»

«Was heißt das?»

«Manchmal sind sie ein Paar und manchmal nicht. Sie sind nicht verheiratet, falls es das ist, was du wissen willst.»

«Nein. Wollte ich nicht.»

Er bog auf einen Parkplatz. «Wir sind da.»

«Beim Road-Tennis?» Sie sah eine grüne Parkanlage vor sich, aber keine Tennisplätze. Doch ein Stück weiter fanden sie die asphaltierten Road-Tennis-Plätze, von denen er ihr erzählt hatte. Fasziniert beobachtete Sibylle das Spiel zweier Einheimischer, die ganz im schweißtreibenden Match versunken waren und die Zuschauer am Rand des Spielfeldes nicht wahrnahmen. «Sandy hat Recht. Man muss ganz schön in die Knie gehen, um hier einen Treffer zu landen.»

Obwohl es seine Idee gewesen war, hielt es Jonathan nicht lange beim Road-Tennis aus und machte sich mit Sibylle auf den Weg nach Bridgetown, um ihr die Hauptstadt der Insel nahe zu bringen.

«Ich bin heute dein persönlicher Stadtführer. Lass dich überraschen», sagte er aufgeräumt.

Sie bummelten durch die belebte Baxters Road, standen auf dem Trafalgar Square und betrachteten das Nelson-Denkmal und den Dolphin-Brunnen, umrundeten das britisch anmutende Parlamentsgebäude und ließen sich dann müde auf dem Balkon des Restaurants «Fisherman's Wharf» nieder, um sich dort mit köstlichem gebratenem Fisch, Salat und Banks Bier zu stärken. Im Inneren des Restaurants wurde Live-Jazz gespielt, von dem sich die Bedienung mitreißen ließ und singend und tanzend den Gästen den gebratenen Fisch in kleinen Bastkörben servierte.

Sibylle reckte sich und gab einen maunzenden Laut der Zufriedenheit von sich. «Schade, dass ich zum Arbeiten auf Barbados bin.»

«Doch nicht nur zum Arbeiten.»

«Ich sehe im Moment durchaus die Gefahr zu vergessen, warum ich hier bin. Ich muss in sechs Wochen mein Manuskript fertig geschrieben haben, sonst werden mich meine Agentin oder mein Lektor ermorden, vermutlich beide gemeinsam.» Sie sah auf die Uhr. «Wir sollten langsam zurückfahren. Du hast mich heute schon lange genug von der Arbeit abgehalten.»

«Spielverderberin.» Jonathan winkte die Bedienung herbei, ließ sich jedoch auf der Heimfahrt sehr viel Zeit, und Sibylle hatte mehrfach den Eindruck, dass er absichtlich so tat, als fiele ihm gerade eben ein, rasch noch in diese Straße einbiegen zu müssen, um sie auf ein ungewöhnliches Haus aufmerksam zu machen, oder einen winzigen Abstecher zu jenem Park zu machen, der fast direkt am Heimweg lag, um ihr noch rasch einen uralten Affenbrotbaum zu zeigen. Doch schließlich fuhren sie am frühen Abend die Auffahrt zu Bajans Dream hinauf. Als sie gemeinsam zur Holzveranda schlenderten, traute Sibylle ihren Augen nicht. Am Geländer lehnte Emma und winkte ihr freudig zu.

«Ich hoffe, du hast nicht vergessen, warum ich dich hergeschickt habe? Wie weit bist du mit dem Manuskript?»

Sibylle schnappte überrascht nach Luft. «Hallo Cousine, ich freue mich auch, dich zu sehen.» Sibylle umarmte Emma, hauchte Küsse auf ihre Wangen und stellte ihr Jonathan vor. «Bist du allein hier?», wollte sie dann von Emma wissen.

«David ist im Haus und kocht mit Carol etwas Exotisches für uns alle.»

«Für uns alle?»

«Ja. Für Sandy und Kevin und Aaron, der noch eine Freundin mitbringt. Und natürlich für Carol und Dennis.» Emma lächelte Jonathan freundlich an. «Selbstverständlich sind Sie ebenfalls eingeladen. Wir haben auch noch zwei weitere befreundete Paare hinzugebeten, die gerade im Hotel Sandy Lane Urlaub machen.»

Emma schien, wie immer, bereits alles im Griff zu haben und ihrem Organisationstrieb keine Schranken zu setzen. Sibylle überschlug im Kopf die Zahl der Gäste. «Das verspricht ja ein anregender Abend zu werden. Eigentlich hatte ich vor, mich jetzt an mein Manuskript zu setzen.»

«Dafür hast du ja noch zwei Stunden Zeit. Also los. Ich will dich nicht länger aufhalten.» Sie scheuchte Sibylle von der Veranda, als wollte sie eine Schar Hühner vor sich hertreiben.

Sibylle fügte sich, immer noch überrumpelt von der überraschenden Ankunft ihrer Cousine, in ihr Schicksal. «Du siehst», sagte sie zu Jonathan, «Agenten sind Sklaventreiber. Und wenn sie auch noch mit einem verwandt sind, kennen sie überhaupt keine Hemmungen und beuten einen gnadenlos aus.»

«Galeristen sind so ähnlich», meinte Jonathan zu den beiden Frauen gewandt. Doch dann trollte er sich mit den Worten, er wolle noch vor dem Abendessen kurz in den Pool springen.

«Ein gut aussehender Mann», befand Emma.

«Stimmt. Aber nun erzähl mir, wie ich zur Ehre deines Besuchs komme? Ich dachte, du wolltest, dass ich in der Einöde schreibe und nicht gestört werde?»

«Einöde dürfte wohl die falsche Bezeichnung hierfür sein.» Sie wies auf Bajan Dreams und die Anlage drumherum, die jetzt im Licht der Abenddämmerung glühte. «David hat Lust auf zweite Flitterwochen oder etwas in der Art. Wir haben bald unseren zehnten Hochzeitstag. Und da dachte ich, es sei eine gute Idee, dich zu besuchen. So kann ich gleichzeitig ein Auge darauf haben, dass du auch tatsächlich arbeitest und nicht nur flirtest.» Sie nahm einen großen Schluck von ihrem Rumpunsch und spielte dann versonnen mit der Dekoration des Cocktails. «Mir scheint, ich bin gerade rechtzeitig hergekommen.»

«Ich gehe dann mal arbeiten.» Sibylle ließ die Cousine allein auf der Veranda zurück. Emma war kein Freund spontaner Entschlüsse. Alles musste bei ihr geregelt und von langer Hand geplant sein. Sibylle verstand daher nicht, dass Emma diesen Überraschungsbesuch auf Barbados machte. Es sei denn, David steckte hinter allem und hatte seiner ständig arbeitenden Frau kurzerhand die Pistole auf die Brust gesetzt. Zweite Flitterwochen oder Scheidung. Da hatte Emma sich doch lieber für die zweiten Flitterwochen auf Barbados entschieden.

In der Küche fanden sich Carol und David zum perfekten Team zusammen. David hatte sich einiges von Feluzzis Kochkünsten abgeschaut. Wider Erwarten hatte Carol absolut nichts gegen ein bisschen Unterstützung in der Küche einzuwenden und überließ David einen Teil der Zubereitung des abendlichen Menüs und nutzte die gewonnene Zeit, um den großen Tisch auf der Veranda besonders liebevoll zu decken. Blitzendes Kristall und auf Hochglanz poliertes Silber zum edlen Service hatte zwar etwas von der Dekadenz der Kolonialzeit, doch gleichzeitig wurden Carols Schönheitsempfinden und Geschmack befriedigt, wenn sie auf einen perfekt gedeckten Tisch blickte, dessen Höhepunkt, im wahrsten Sinn des Wortes, ein aus Blüten und Früchten gestalteter Tafelaufsatz war.

Als sie die Gäste am Abend auf der Veranda zum Aperitif trafen, waren alle des Lobes voll für Carols Kunst.

«Eine gelungene Überraschung. Findest du nicht?» Emma lehnte neben Sibylle am Pfeiler der Veranda und blickte auf die Gäste, die sich angeregt miteinander unterhielten.

«Durchaus», sagte Sibylle. «Ich muss aber gestehen, dass ich mich trotzdem über deinen Besuch wundere. Es passt gar nicht zu dir, so plötzlich hier aufzutauchen. Du hast bei unseren Telefonaten nichts von deinen Plänen erzählt.»

«Es war eine spontane Idee von David. Entwickelst du neuerdings paranoide Züge? Glaubst du, dass ich dich kontrollieren will?»

«Ich bin mir nicht sicher», meinte Sibylle schmunzelnd.

«Vielleicht will ich mich ja auch nur von meinem Ehemann in der warmen Sonne, am Strand oder im Meer richtig durchvögeln lassen», raunte Emma ihrer Cousine ins Ohr. «Würde das deine paranoide Neugier zufrieden stellen?»

Aaron, der langsam hinzugetreten war, spitzte die Ohren. «Wer ist paranoid?»

«Emma versucht mir gerade einzureden, dass ich es sei. Und ich weiß noch nicht, was sie damit bezweckt.»

«Vielleicht ist es als Anregung für Ihren Kriminalroman gedacht?», schlug Aaron vor.

«Wenn jemand die Paranoia erfunden hat, dann meine Emma.» David legte in einer liebevollen Geste den Arm um Emmas Schultern. «Sie vermutet hinter allem und jedem etwas. Intrige. Verschwörung. Mord.» Er bemühte sich, seine Stimme unheilvoll klingen zu lassen.

«Das ist quasi eine Berufskrankheit», wiegelte Emma ab. «Wer hat Lust auf einen nächtlichen Spaziergang am Meer?» Sie fragte so laut, dass sie auch die Gäste erreichte, die noch bei Tisch in angeregter Unterhaltung saßen. Mit schnellem Blick registrierte Emma Kevins Hand, die vertraulich auf Chinas Schenkel lag, und Sandys verächtlichen Blick. Emma fand, es war an der Zeit, die Gäste ein wenig aufzumischen, bevor es zwischen Sandy und China zum Kampf um Kevin kam. Die beiden Freundespaare aus dem Sandy Lane, Ruth und Jack Mead und Penny und Harvey Phillips, hatten am Nachmittag gemeinsam Golf gespielt und ließen seit einer halben Stunde jeden einzelnen Schlag Revue passieren. Carol und Dennis diskutierten mit Jonathan über die Vorzüge des Mount Gay Eclipse Rums im Vergleich zum Trois Rivières Rum von Martinique, und wenn Sibylle noch lange auf dem Paranoiathema herumdachte, würde sie möglicherweise eins und eins zusammenzählen und erkennen, warum sie nach Barbados geschickt worden war. Emma wollte die Runde so schnell wie möglich aufmischen.

«Jeder nimmt ein Glas und eine Flasche mit. Auf geht's», rief sie und klatschte wie eine muntere Kindergärtnerin, die ihre Gruppe zum Wanderausflug motiviert, in die Hände.

«Wie steht's mit 'nem Joint?», tönte Kevin, doch niemand schien ihn gehört zu haben. «Okay. Ich habe ja nur gefragt», murrte er, hakte sich zwischen Sandy und China ein, die jede Gläser und eine Flasche Wein trugen, und stapfte, bereits ein wenig unsicher auf den Beinen, zwischen den beiden Frauen zum Strand hinunter.

Dieses Mal gab es kein Lagerfeuer, kein Barbecue und keine Musik, doch Sibylle fand die karibische Nacht in ihrer puren Form sogar noch romantischer. Lediglich Chinas Aufzug in einem fast durchsichtigen pinkfarbenen Fummel, der nur dazu bestimmt war zu betonen, was er ohnehin kaum verhüllte, störte sie enorm. Sie verstand absolut nicht, was einen attraktiven und gebildeten Mann wie Aaron Sherman an so einem Flittchen faszinierte. Mit China ins Bett zu gehen, das war *eine* Sache. Sie als Begleiterin zu einem Abendessen mit Emma, David und deren Freunden zu wählen fand sie schlichtweg geschmacklos. Aaron Sherman hatte offenbar keinen Stil.

«Um deine Stirn kreist eine schwarze Zorneswolke. Die ist sogar in der Dunkelheit zu erkennen.» Jonathan strich zärtlich über Sibylles Wange. «Was erregt den Zorn der Rachegöttin?»

«Ich bin überhaupt nicht zornig. Wie kommst du darauf?»

«Ich habe schon während des Essens bemerkt, dass deine Stimmung schlechter wurde. Was ärgert dich? Ist es Emma? Setzt sie dich unter Druck?»

«Nein. Doch. Ach, ich weiß es nicht. In den letzten Wochen hat sich mein Leben total verändert, und ich weiß wahrscheinlich noch nicht so recht, wie ich damit umgehen soll. Dann der Termindruck wegen des Romans und dann noch ...»

«Dann noch? Die Affäre mit mir?»

«Ich wusste gar nicht, dass wir eine haben?»

«Was sonst? Jetzt ist es eine Affäre, was nicht heißt, dass nicht mehr daraus werden könnte.»

«Stopp!» Sie legte ihre Hand auf Jonathans Brust. «Das geht mir alles zu schnell und zu weit. Normalerweise gehe ich nicht so schnell mit einem Mann ins Bett. In den letzten Jahren bin ich ausschließlich mit meinem Mann ins Bett gegangen. Das mit dir ist vollkommen neu.»

«Willst du mir sagen, dass du quasi nach so langen monogamen Ehejahren wieder Jungfrau warst?»

Sibylle kicherte. «Wahrscheinlich war ich das.»

«Dafür hast du dich aber als sehr erfahren und geschickt gezeigt.»

«Danke.»

«Nichts zu danken.» Er grinste sie spitzbübisch an und verschloss ihren Mund mit einem zärtlichen Kuss. «Lass uns verschwinden.»

«Schon wieder?»

«Die anderen merken nicht einmal, dass wir fort sind.»

Sibylle blickte sich um, sah, dass niemand von ihr und Jonathan Notiz nahm, und ließ ihre Hand in seine gleiten. «Gut. Gehen wir.» Sie war selbst von ihrer Entschlossenheit überrascht.

«Zu dir oder zu mir?»

«Zeig mir doch zur Abwechslung mal dein Haus.»

«Auch das Schlafzimmer?»

«Daran bin ich besonders interessiert.»

Sie stahlen sich, wie sie meinten, unbemerkt davon.

# 6. Kapitel

«Ich dachte, du und Carol, ihr wärt ein Paar?» China lehnte sich entspannt im Korbsessel zurück und spreizte aufreizend die Beine. Ihr durchsichtiges Kleidchen, das ohnehin kaum diese Bezeichnung verdiente, ließ den dünnen String durch den Stoff hindurchschimmern, der ebenso lockte wie die spärlich verhüllten Brüste.

«Und ich dachte, dass du Luiz heiraten willst?» Dennis knöpfte sein rot gemustertes Hemd auf, das er leger über der Hose trug. Er wiegte sich wie ein Stripper vor ihr hin und her und zuckte mit den Hüften.

«Will ich auch. Aber das eine hat doch mit dem anderen nichts zu tun, oder?»

Dennis beugte sich zu China hinunter und leckte ihr erregend langsam mit der Zunge über ihre vollen Lippen. «Wenn ich Luiz wäre, würde ich das anders sehen.» Er küsste sie auf den Mund und drückte ihren Kopf sanft gegen die Rückenlehne des Sessels. «Und wenn Carol und ich ein Paar wären, dann wäre ich jetzt nicht mit dir in meinem Apartment.»

«Du musst das alles ein bisschen lockerer sehen», hauchte China atemlos zwischen den Küssen und machte sich an seiner Hose zu schaffen. «Bevor ich eine rechtschaffene und monogam lebende Ehefrau werde, möchte ich alles auskosten, was es in Sachen Sex zu probieren gibt. Dann werde ich den Rest meines Lebens Luiz treu ergeben sein. Wahrscheinlich.»

«Wenn du alles willst, dann bist du bei mir goldrichtig, Schätzchen. Komm.» Als wäre sie leicht wie eine Feder, hob er sie hoch und trug sie in den kleinen Nebenraum, der fast komplett von einem riesigen Bett beherrscht wurde, das zwischen den massiven Bettpfosten zu schweben schien. Spiegel an der Decke und den Wänden und diverses Sexspielzeug, das an den Bettpfosten oder an Haken aufgereiht hing, vollendeten die anregende Ausstattung. Dennis machte sich gar nicht erst die Mühe, etwas von seinen Sexhilfsmitteln und Spielzeugen in Schubladen oder Schränken zu verbergen.

«Wow», raunte China, als er sie auf das Bett legte und ihr kurz Gelegenheit gab, sich im Raum umzusehen. «Die perfekte Lasterhöhle. Ich habe so was läuten hören, aber jetzt, wo ich es mit eigenen Augen sehe ...»

Dennis runzelte die Augenbrauen. «Ich glaube kaum, dass mein Schlafzimmer Thema des Inselklatsches ist.»

«Sicher nicht. Aber du darfst getrost davon ausgehen, dass einige deiner Gespielinnen geplaudert haben.» China räkelte sich auf seiner Lasterliege, spreizte erneut die Schenkel, bis sich der Stoff ihres Fummels nicht mehr weiter dehnte und drängte ihn, sie in die Geheimnisse seiner Sexpraktiken einzuweihen. Dennis fehlte ihr noch auf der Liste ihrer Eroberungen. Er schien eine Vorliebe für Touristinnen zu haben, sodass sein Liebesleben ständige Abwechslung erfuhr. Doch seit einiger Zeit sah man ihn häufig gemeinsam mit Carol in den Clubs oder sogar bei «Lexie's», wo er am Wochenende ausschließlich mit Carol zu den Oldies tanzte, die dort gespielt wurden. Die Touristinnen, die dort lediglich als Zuschauerinnen geduldet wurden, verschlangen ihn mit den Augen, und man konnte schon fast Mitleid mit ihnen haben, wenn sie sich in ihrer Geilheit an ihren Begleitern rieben, die eigentlich gar nicht die Objekte ihrer Begierde waren.

China betrachtete nun Dennis' dunklen, nackten Körper. Er war muskulös und kräftig gebaut. Sein Schwanz ließ keinen Zweifel daran, wofür Dennis ihn gleich einsetzen würde. Er machte auf China den Eindruck, als könne man an ihm eine reife Kokosnuss aufhängen, ohne dass er seine Standfestigkeit einbüßte.

«Gefällt dir, was du siehst?» Dennis kniete sich über China und präsentierte selbstgefällig seinen Schwanz kurz vor ihren Lippen. «Lutsch ihn», befahl er mit harter Stimme, die China direkt in die Möse fuhr.

Okay. Spielten sie eben Herr und Sklavin. Das konnte zur Abwechslung ganz unterhaltsam sein. Gehorsam öffnete sie ihre Lippen und leckte mit der Zunge die pralle Eichel. Der kleinen Kerbe erwies sie besondere Aufmerksamkeit und lutschte dort lange und intensiv.

Dennis gab ein tiefes, zufriedenes Knurren von sich.

Doch China wäre nicht China, die erfahrene Masseurin, wenn sie nicht sogleich vom Ehrgeiz gepackt würde. Sanft drängte sie Dennis, sich auf den Rücken zu legen, und hockte sich dann über ihn, wobei sie ihm den Rücken zugewandt hielt. «Hast du hier irgendwo Massageöl?»

Wortlos wies Dennis auf eine Flasche im Regal.

China griff danach, stellte sie geöffnet auf den Rand des Bettes und nahm dann erneut die vorherige Position ein. Nun ließ sie etwas von dem duftenden Öl auf den Penis tropfen und sorgte für ausreichende Gleitfähigkeit ihrer

Hände. Vor lauter Ungeduld zuckte sein Schwanz, und die pralle Eichel schien kurz vor dem Platzen zu sein. Überdeutlich zeichneten sich die Poren ab. Doch China gab sich unbeeindruckt. Sie hielt mit einer Hand den Penis etwas zur Seite und tastete mit den Fingern der rechten Hand vorsichtig zwischen seine beiden Hoden und begann dort mit Mittel- und Zeigefinger sanft zu reiben. Ihre Berührung war so zart, dass er sich anfangs nicht sicher sein konnte, dort tatsächlich von ihr berührt zu werden. Daher beobachtete China seine Reaktionen besonders genau. Er spannte seine Füße an und hob ihr sein Becken ein kleines Stück entgegen. Nun fuhr sie mit der öligen rechten Hand unter seine Hoden und strich dann vorsichtig vom Perineum aus in einem langen, heißen Strich über die Hoden hinauf und über den Schaft des Penis bis zur Eichel. Diese Technik wiederholte sie mehrere Male und gewährte ihm nur winzige Pausen dazwischen, um ihn nicht sofort zum Erguss zu bringen.

«Willst du mich umbringen?», ächzte Dennis.

China ignorierte seine Frage, fuhr erneut mit der Hand vom Perineum bis hinauf zur Eichel seines heißen, harten Schwanzes und über seinen Bauch bis hin zum Bauchnabel. Dort ließ sie ihre Hand mit leichtem Druck liegen und schlang zu seiner Überraschung die glühende Eichel in ihren warmen Mund, wo sie ihn mit der Zungenspitze weiter reizte, bis er wie unter schmerzhafter Folter aufschrie.

«Hast du bereits genug?»

«Nein. Um Gottes willen, hör nicht auf. Das ist herrlich», keuchte er.

«Du willst also mehr?»

«Ja. Mehr.»

Sie glitt von ihm hinunter. «Spreiz die Beine», forderte sie ihn auf.

«Was hast du vor?» Er hob etwas den Kopf, um zu sehen, ob sie Fesseln oder eins seiner anderen Spielzeuge in Händen hielt. Als er sah, dass das nicht der Fall war, lehnte er sich entspannt zurück und spreizte die Beine, wobei er sie etwas anwinkelte.

China setzte ihre Mund-Zungen-Massage fort und verwöhnte seinen Schwanz nun aus dieser Stellung, wobei es leicht war, dem Frenulum ihre volle Aufmerksamkeit zu widmen. «Ist es gut so? Sag mir, was du willst.»

«Ich will, dass du mich auslutschst.» Dennis hob ihr seine Hüften entgegen und schob seinen Schwanz tiefer in ihren Rachen. «Es fühlt sich so gut an, wenn mein Schwanz sich an deinem Gaumen reibt.» Dennis ließ seinen Worten Taten folgen.

China befreite sich kurz. «Wenn ich dabei ersticke, hast du auch nichts mehr davon», mahnte sie.

Er rieb wieder seinen Penis an ihrem Gaumen. «Mein Samen soll tief in deinen Mund strömen. Ich will, dass du alles schluckst. Ahhlles!» In kräftigen Stößen spritzte sein Sperma in ihren Mund, bis die Quelle endlich versiegte. China schluckte und schluckte, sparte jedoch ein klein wenig auf und küsste dann Dennis leidenschaftlich, wobei sie ihn die letzten Tropfen seines eigenen Saftes trinken ließ. Sie war auf seine Reaktion gespannt, hatte es doch in ihrer Vergangenheit Männer gegeben, die angeekelt aufgesprungen waren. Doch Dennis gab nur erneut sein für ihn typisches lustvolles Knurren von sich.

«Jetzt lass du dich von mir verwöhnen.»

«Gern», schnurrte sie. Sie legte sich neben ihn aufs Bett,

schloss die Augen und wartete gebannt, was geschehen würde. Wie wollte er nun sie verwöhnen? Würde er eine ausgefallene Technik wählen? Oder waren ihre Erwartungen viel zu hoch?

Dennis erwies sich als geschickter Zungenkünstler. China kannte nicht viele Männer, die ihre Zunge so geschickt einsetzten wie er. Die meisten produzierten zu wenig Speichel, sodass sie mit ihrer Zunge an den Schamlippen rieben, als hätten sie Sandpapier zwischen die Zähne geklemmt. Nicht so Dennis. Er sorgte für ausreichend Gleitmittel, zog langsam Chinas Schamlippen auseinander, erst die äußeren, dann die köstlichen, fruchtigen inneren Lippen, und nun erst tauchte er mit seiner Zungenspitze vorsichtig in Chinas nasse Grotte, als wollte er voller Ehrfurcht die erlesenste Saucenkreation eines Fünf-Sterne-Kochs verkosten. Danach labte er sich kurz an ihren inneren Säften, die bereits reichlich durch die vorausgegangenen Stimulationen geflossen waren. Er schob ihre Beine weiter nach oben und bat sie, sie so weit für ihn gespreizt offen zu halten. Als sei ihre Haut ein kostbarer, seidener Stoff, betrachtete Dennis die Innenseiten ihrer Schenkel, strich mit den Fingerkuppen vorsichtig darüber, als wollte er jede einzelne Pore und deren Geheimnis erspüren.

China fühlte sich ihm hilflos preisgegeben. Was, um Himmels willen, tat er da? Sie konnte sich nicht recht entscheiden. Hatte diese Stellung etwas Erniedrigendes, oder zeigte sie nur bloße Geilheit an?

Jetzt kam Dennis leicht an den Ort seines Begehrens heran, weil sie ihr Becken durch die gespreizte Position etwas angehoben hatte. Wieder öffnete er langsam ihre Möse und leckte mit nasser Zunge an ihrem Schatz. Mit beiden

Daumen schob er danach die Haut ihres Venushügels in Richtung ihres Bauches und hielt sie dort zwischen Daumen und Fingern fest, wobei er den Bereich um ihre heiße Klitoris dehnte, die weiter hervorsprang und pochend darauf zu warten schien, von seiner Zunge verwöhnt zu werden.

Bereits jetzt riss der erste Orgasmus China mit, obwohl sie all ihre Konzentration darauf verwandt hatte, sich abzulenken, weil sie Dennis nicht diese rasche Bestätigung ihrer Geilheit auf ihn gönnte. Alles war vergebens. Leise wimmernd zuckte sie unter seinem Zungenschlag, doch Dennis gewährte ihr großzügig noch eine Pause.

Sein Schwanz war inzwischen wieder fast zur vollen Größe angewachsen und bereit, sie in den nächsten Orgasmus zu vögeln. Er setzte sich an das Kopfende des Bettes, wobei er sich anlehnte, um ausreichend Halt zu haben. Er bat China, sich auf seinen Schwanz zu setzen und sich mit dem Rücken an seine Brust zu lehnen. Nun wartete er erst einmal ab, ob sie ihn wild und heftig reiten wollte oder sich für eine sanft wiegende Nummer entschied. Möglich war auch eine Mischung aus beiden Techniken, um nicht zu rasch zum erlösenden Orgasmus zu gelangen.

China dachte, dass Dennis durchaus über Fähigkeiten verfügte, die es einer Frau leicht machten, sich in ihn zu verlieben. Obwohl er manchmal so richtig den Macho raushängen ließ, war er in puncto Sex erfreulich einfühlsam und nur macho, wenn es der Partnerin Spaß bereitete.

Sie öffnete die Augen und blickte zum großen Deckenspiegel. Dort beobachtete sie sich selbst, wie sie sanft auf Dennis' Schwanz schaukelte. Sie hatte sich für den Abend viele kleine Zöpfe flechten lassen, in denen bunte Perlen eingearbeitet waren. Eigentlich war ihr Haar dafür zu fein, doch für ein paar Stunden würde die Frisur halten, hatte Gina, die Friseurin, ihr versichert. Die Zöpfe waren jedoch definitiv diesem wildem Liebesspiel nicht gewachsen und begannen sich aufzulösen. Ihre dunkle Haut wirkte neben der von Dennis hell und goldbraun. Sie vertiefte sich in den Anblick ihrer beider nackter Körper und der Lust, die sich in ihren Gesichtern spiegelte. Das erregte sie noch mehr, und sie nahm ihre Nippel zwischen Zeigefinger und Daumen und zupfte und drehte an den harten Knöpfen, bis die schnellen Blitze, die zwischen Brustwarzen und Möse einschlugen, ihre Säfte zum Kochen brachten und auch Dennis das Signal gaben, sich heftiger zu bewegen. Er verstärkte seine gleichmäßigen Stöße und rollte ihre Klitoris, als würde er einen kleinen Penis verwöhnen.

«Ich komme! Ich komme!» China schrie ihre Lust heraus.

«Oh, Baby», keuchte Dennis und schoss sein Sperma in Chinas Möse, die um seinen harten Schwanz zuckte und krampfte.

In den Tagen nach Emmas Ankunft auf Barbados schloss eine Partyeinladung an die andere an. Wenigstens schien es Sibylle so, die sich mühsam die Zeit zum Schreiben freihalten musste. Sie wunderte sich auch darüber, dass ihre Cousine meist auf ihrer Anwesenheit bei den Treffen mit Freunden bestand, wo sie doch eigentlich gekommen war, um ein Auge darauf zu haben, dass Sibylle den Roman auch rechtzeitig fertig stellte.

Zweimal hatte Sibylle bereits Aarons Einladung zu einem Ausflug an die Nordspitze der Insel abgelehnt. Zum einen, weil sie wirklich kaum Zeit für weitere private Aktivitäten hatte, und zum anderen, weil sie Jonathan nicht verärgern wollte. So sympathisch ihr Aaron Sherman zu Anfang auch gewesen war, seit sie ihn mehrmals mit dieser in ihren Augen überaus ordinären China erlebt hatte, war sie gar nicht mehr so versessen darauf, Zeit mit Aaron zu verbringen.

«Der Wagen steht voll getankt bereit. Wir können starten.»

Aaron winkte Sibylle munter zu, nachdem er sich unaufgefordert einen frisch gepressten Orangensaft eingeschenkt hatte, der noch seit dem Frühstück auf der Anrichte im Esszimmer von Bajan Dreams stand.

Sibylle legte die Seiten des Manuskripts beiseite, die Emma ihr beim Frühstück, mit den für die Agentin typischen roten Merkzetteln versehen, zurückgegeben hatte. Emma hatte die Gabe, die Dinge rasch auf den Punkt zu bringen, während der Autor noch in seinem Manuskript herumirrte und nur vage ahnte, wo und warum es an einer bestimmten Stelle nicht rund lief. So war es auch hier der Fall. Emma hatte mit sicherer Hand den Finger auf die Wunden gelegt, und eigentlich brannte Sibylle darauf, Emmas Anregungen sofort umzusetzen. Doch nun stand Aaron neben ihr und drängte zum Aufbruch. Ihre unwirsche Miene ließ Aaron nicht im Zweifel über ihre Gefühle.

«Okay. Ich komme ja gleich. Ich muss nur noch einmal rasch in mein Schlafzimmer.» Sie nahm erneut das Manuskript in die Hand und eilte an Aaron vorbei zur Tür, ohne ihn richtig angesehen zu haben.

«Launische Zicke», murmelte Aaron und trat auf die Veranda hinaus.

«Wer?» David, der es sich dort draußen gemütlich gemacht hatte, sah von der Zeitung hoch.

«Deine Schwägerin, mein Lieber.»

«Sagte ich nicht, dass Sibylle anstrengend wird, wenn man länger mit ihr zu tun hat?»

«Ich glaube, du hast so was erwähnt.» Grinsend ließ sich Aaron in den tiefen Korbsessel fallen. «Sie hat aber auch andere Seiten. Betont deine Frau immer wieder.»

«Nobody is perfect.»

»Eben. Wir auch nicht.»

«Ich kann mich über mich selbst nicht beklagen», unkte David.

«Zu diesem Thema sollte ich wohl besser mal deine Ehefrau befragen. Emma ist da objektiver.»

«Fertig. Es kann losgehen.» Sibylle unterbrach ahnungslos die frotzelnde Unterhaltung der beiden Männer. Sie hatte sich einen bunten weiten Baumwollrock angezogen, zu dem sie ein schulterfreies gelbgrünes Top trug. Ihre langen Haare wurden von einem breiten grünen Band gehalten. So wurde der Grünton ihrer Augen betont.

«Hast du Badesachen dabei?»

Wortlos wies Sibylle auf die kleine Strandtasche zu ihren Füßen.

«Ich wünsche euch viel Spaß. Und verirrt euch nicht unterwegs.» David grinste erneut.

«Für den Notfall habe ich immer das entsprechende Überlebenspaket im Wagen.» Aaron tat so, als sei dies Gespräch ernst gemeint, hakte sich dann bei Sibylle ein und führte sie in den Garten hinunter.

«Wusstest du, dass es auf Barbados einige unterirdische Höhlen gibt, in denen sogar eine kleine Bahn für die Touristen fährt?» Aaron fragte das Sibylle im Tonfall des guten Märchenonkels, der seiner Nichte eine abendliche Gutenachtgeschichte vorlas.

«Nein», antwortete Sibylle nicht sonderlich begeistert. Sie litt an Klaustrophobie und war froh, diese Erkrankung in den vergangenen Jahren einigermaßen in den Griff bekommen zu haben.

«Ich habe für uns allein eine Tour organisiert, bevor die Touristen mit den Bussen herangekarrt werden und in Harrison's Cave einfallen.»

«Das heißt, wir können die Höhlen ganz allein besichtigen?», fragte Sibylle ängstlich und merkte, dass bereits bei dem Gedanken daran ihre Hände zitterten und ihre Kehle eng wurde.

«Nicht ganz. Eine Schulklasse aus Bridgetown wird auch mit dabei sein. Aber keine Touristen.»

«Na, toll.» Das beruhigte sie nicht besonders. Schulkinder würden ihr wohl keine Hilfe sein, wenn die Höhle einstürzte.

Aaron war sauer. «Es war nicht leicht, das zu organisieren. Ich dachte, es würde dich freuen, ein bisschen mehr über die Insel zu erfahren, als es durch irgendwelches Partygeschwätz möglich ist.»

Sibylle wollte um keinen Preis ihre Schwäche eingestehen und Aaron sagen, dass Höhlen so ziemlich zum Schlimmsten gehörten, was es in ihrer Vorstellung gab. Sie versuchte Aaron damit zu beruhigen, dass sie vorgab, einfach nur sehr überrascht gewesen zu sein. Als er auf den beschilderten Parkplatz von Harrison's Cave fuhr, zwang sie sich, langsam und gleichmäßig zu atmen, jedoch nicht zu tief. Alles, was sie aus ihren Therapiestunden noch erinnerte, förderte sie zutage, um nicht hysterisch zu werden und sich den Tag zu verderben.

Ihr Begleiter reichte ihr einen kleinen Schutzhelm und einen Wollpullover, beides hatte er vorsorglich im Kofferraum transportiert. Wahrscheinlich gehörte es zu seinem Überlebensgepäck, wie er es kurz zuvor genannt hatte. Er legte den Arm fürsorglich um Sibylles Schultern. «Entspann dich. Es ist wirklich toll da unten. Alles ist bestens ausgeleuchtet und gesichert. Außerdem ist ein Führer mit dabei. Es kann uns gar nichts geschehen.» Er hielt ihr seinen Flachmann unter die Nase, aus dem ihr der verführerische Duft des Mount Gay Rums entgegenströmte. Genau das Richtige in so einem Moment.

Sie trank gehorsam einen Schluck, spürte die wärmende Flüssigkeit ihre Kehle hinabrinnen und wurde ein wenig entspannter. Konnte er in ihren Gedanken lesen? Unsicher warf sie Aaron einen Blick von der Seite zu, sagte jedoch keinen Ton.

«Na, dann mal los.» Aaron drückte ihr einen weichen Kuss auf die Wange und zog sie neben sich in den kleinen, offenen Wagen der Minibahn, die auch sogleich mit ihnen und den fünfundzwanzig schnatternden und lachenden Jugendlichen startete.

Sibylle, die wegen ihrer Phobie noch nie zuvor in einer Tropfsteinhöhle gewesen war, hatte das Gefühl, in die Märchenwelt von Zwergen und unterirdisch verwahrten Goldschätzen versetzt zu sein. Vielleicht hatten Piraten in früherer Zeit solche Höhlen gewählt, um ihre Schätze zu verbergen? Ihre Phantasie wurde angeregt, und die Krimischriftstellerin in ihr rührte sich und begann, einen feinen Faden zu spinnen. War dieser Ort nicht auch geeignet, um eine Leiche zu verstecken? Gab es eine Möglichkeit, allein und ungesehen in die Höhle zu kommen, um sich dort einer Leiche zu entledigen? Am Ende der Führung wollte sie sich nach solchen Details erkundigen. Und ehe sie sich versah, war die Zeit wie im Fluge vergangen. Die Führung durch die verschiedenen Höhlen, in denen es sogar Wasserfälle, Grotten und Bäche gab, war beendet, ohne dass sie einen Panikanfall bekommen hatte. Als der Führer sie am tiefsten Punkt der Höhle aufforderte auszusteigen, um näher an den vierzehn Meter hohen Wasserfall heranzugehen, war es fast mit ihrer Beherrschung vorbei gewesen. Doch ihre mordlüsternen Piratenphantasien hatten sie abgelenkt und gerettet. Arbeit war eben immer die beste Ablenkung von Problemen.

«Habe ich zu viel versprochen?» Aaron blinzelte ins helle Tageslicht und blickte dann besorgt auf den Parkplatz, wo sich ein Pkw neben den anderen gereiht hatte und am Ende des Platzes mehrere Busse parkten, ohne dass sie darauf geachtet hätten, die Ausfahrt freizuhalten.

Sibylle folgte seinem Blick. Richmond, der die Führung durch die Höhle geleitet hatte, hatte ihre Fragen mit erstaunt hochgezogenen Augenbrauen beantwortet und am Ende das Gesehene mit einer kurzen Diashow im Raum des Besucherzentrums abgerundet. Es gab daher nichts, was sie jetzt noch länger hier hielt. «Wir sollten schnellstens verschwinden, bevor wir so zugeparkt sind, dass es kein Fortkommen mehr gibt.» Sie wollte die romantisch verzauberte Stimmung noch eine Weile in sich bannen, und dabei störten die vielen Menschen um sie herum.

Sie fuhren Richtung Norden weiter, hielten sich jedoch weit östlich und machten gegen Mittag in der Nähe vom Walkers Beach am Atlantischen Ozean Pause, wo Aaron sie zu einem versteckt liegenden Rastplatz führte. Sie hatten auf einem offiziellen Parkplatz geparkt, nahmen Decken, zwei kleine Klappstühle, einen kleinen Sonnenschirm und einen Picknickkorb aus dem Wagen mit und schlugen den Weg in Richtung Strand ein. An einer etwas abseits gelegenen und wenig einsehbaren Stelle rammte Aaron den Sonnenschirm in den Sand und errichtete in Windeseile und mit großem Geschick ihren gemütlichen Picknickplatz. Für ihr leibliches Wohl hatten Carol und David gesorgt, wie Aaron Sibylle auf ihre Frage hin erklärte, während er eine Kühlflasche mit Fruchtpunsch öffnete und die rosa Flüssigkeit in große Wassergläser füllte.

«Köstlich», befand Sibylle, nachdem sie das Glas fast in einem Zug geleert hatte.

Aaron sorgte für Nachschub. Dann zauberte er aus dem Picknickkorb kaltes gegrilltes Huhn, zu dem Carol eine Pastete aus Süßkartoffeln zubereitet hatte und einen bunt gemischten Salat, der auf schmalen Kühlelementen frisch geblieben war. Das Dressing hatte David aus Öl, Essig, Senf und verschiedenen frischen Kräutern und Gewürzmischungen kreiert, die Sibylles Gaumen kitzelten. Doch die scharfe Krönung des Imbisses war «Lottie's Traditional Barbados Sauce», die Aaron ihr großzügig zum kalten Huhn reichte. Sie schlug seine Warnung in den Wind und tauchte den Bissen leichtfertig in die Sauce, führte sie zum Mund und spie quasi im selben Augenblick Feuer.

«Nichts trinken.» Aaron nahm ihr das Glas mit dem kühlen Fruchtpunsch aus der Hand und gab ihr stattdessen eine kleine Schale, in der sich kühler Naturjoghurt befand. «David dachte sich schon, dass du für so etwas Verwendung haben würdest», sagte er grinsend. «Warum kannst du nicht auf mich hören? Ich sagte dir doch, dass die Sauce scharf ist.»

«Scharf ja, aber gut», keuchte Sibylle. Den nächsten Bissen Fleisch tauchte sie nur ganz vorsichtig in die Sauce und stellte dann erstaunt fest, dass sie sich während der Mahlzeit an Lottie's scharfe Sauce gewöhnte. Sie würde Carol fragen, wo es die Sauce zu kaufen gab und ein paar Flaschen davon mit nach Hause nehmen.

Nach dem Essen gönnten sie sich noch eine Verschnaufpause, lehnten sich in den Klappstühlen zurück, blickten aufs Meer hinaus und beobachteten ein paar vereinzelte Surfer.

«Ich liebe diese seltenen Augenblicke, in denen man mit sich eins ist und um einen herum nichts passiert.» Aaron reckte und streckte seine Glieder und gab ein zufriedenes Schnaufen von sich. «Ich habe dann jedes Mal kurz das Gefühl, die Welt bliebe stehen und warte auf meine Entscheidung, wann sie sich weiterdrehen dürfe. Findest du das verrückt?»

«Größenwahnsinnig halte ich für das treffendere Wort.» Sibylle nickte bekräftigend. «Definitiv größenwahnsinnig.» Aber ihr gefiel die Vorstellung. Gerade gab sie sich noch im Halbschlaf diesem Gedanken hin, da überraschte sie seine abrupte Frage.

«Weißt du, dass Jonathan verheiratet ist?»

Sie wusste es nicht. War nicht einmal auf die Idee gekommen, er könne eine Ehefrau haben.

Aaron blickte Sibylle mit unheilschwangerer Miene an.

«Er hat es dir nicht gesagt. Und ich dachte schon, dass dir der heilige Bund der Ehe nichts bedeutet.»

Sibylle war sich nicht sicher, ob er es ironisch meinte. «Auf jeden Fall stört es dich nicht, dass China demnächst heiraten will und quasi verlobt ist», fauchte sie.

«Es stört dich, dass ich mit China ins Bett gehe?», fragte er geradeheraus.

«Natürlich nicht. Was ginge mich das auch an?»

«Ich weiß nicht, ob es dich etwas angeht. Wir haben immerhin schon sehr vertrauliche Gespräche miteinander geführt und sind uns – sagen wir mal so – ziemlich nahe gekommen.» Er fuhr sich aufgewühlt mit allen zehn Fingern durch sein dunkles Haar.

«Was ja bei dir ganz offensichtlich nicht weiter von Bedeutung ist.» Sibylle war immer noch sauer. Doch sie wusste selbst nicht, ob es hauptsächlich wegen China oder wegen Jonathans Ehefrau war. Oder war sie einfach nur eifersüchtig, weil Aaron mit diesem jungen, knackigen Massageflittchen vögelte und gleichzeitig auch noch mit Carol seinen Spaß hatte und auch ihr vorgemacht hatte, dass zwischen ihnen mehr entstehen könnte als nur ein kleiner Flirt? Diese Insel war der reinste Sündenpfuhl, und irgendwie war sie mit in diesen Sumpf geraten. Vor ein paar Wochen war sie noch wegen ihres untreuen Ehemannes ausgeflippt. Wenn Tom jetzt auf Barbados Mäuschen spielen könnte, würde er seine Ehefrau bestimmt nicht mehr wieder erkennen.

«Hast du etwa gemeint, Jonathan würde eine ernste, dauerhafte Beziehung zu dir anstreben?» Aaron zog seinen Klappstuhl näher an Sibylles heran, sodass er seine Hand auf ihren nackten Arm legen konnte.

Sibylle schüttelte seinen Arm ab. «Ich habe überhaupt

nicht daran gedacht. Hältst du mich für ein naives Dummchen? Ich bin noch nicht geschieden und habe lediglich ein wenig Abwechslung gesucht und guten Sex. Punkt. Mehr war und ist nicht. Glaubt ihr Männer tatsächlich noch, dass ihr das alleinige Recht auf sexuellen Spaß gepachtet habt?» Sie reagierte heftiger, als sie eigentlich wollte, doch um nichts in der Welt wollte sie zeigen, wie verletzt sie war. Es genügte, dass sie selbst durch ihre eigenen Worte erschrak.

«Ist ja gut», meinte Aaron beschwichtigend. «Ich habe gestern Abend gehört, dass Jonathans Frau auf die Insel kommt, und wollte dich lediglich warnen.»

«Weiß sie von uns? Von Jonathan und mir, meine ich?» Plötzlich ging Sibylle ein Licht auf. «Woher weißt du überhaupt, dass ich mit Jonathan zusammen war? Wir haben uns doch so viel Mühe gegeben, es geheim zu halten.»

«Hier haben die Wände Ohren, und die Frösche pfeifen es jede Nacht von Garten zu Garten.»

Sibylle hatte eher Carol oder Dennis in Verdacht, etwas beobachtet und ausgeplaudert zu haben.

«Weiß es Emma?»

«Ich glaube nicht.» Aaron machte einen weiteren Versuch und strich sanft über Sibylles nackten Arm. Diesmal ließ sie ihn kurz gewähren.

«Lass uns schwimmen gehen.» Sie sprang auf, entledigte sich ihrer Kleidung und stürzte sich ins warme Wasser, das auf dieser Seite der Insel wilder war und all ihre Kraft forderte, aber das war ihr in dieser Situation gerade recht.

Aaron folgte ihr, wie schon einmal ein paar Tage zuvor, und achtete darauf, dass sie nicht zu weit hinausschwamm und von der Strömung erfasst wurde.

Als sie gerade wieder aus dem Wasser an den Strand

zurückkamen, lief ihnen mit wiegenden, weit ausholenden Schritten der Iceman über den Weg und winkte Aaron freundlich zu. Iceman trug wie immer khakifarbene Shorts und ein buntes Hemd und bot den Touristen Aloe Vera an, die, wie er stets betonte, bei sonnengereizter Haut das Beste auf der Welt war. Er war ein Inseloriginal und jedem, der sich länger als drei Tage auf Barbados aufhielt, entweder persönlich oder durch Erzählungen bekannt.

«Was treibt dich auf diese Seite der Insel?», fragte ihn Aaron und legte dem drahtigen Bajan den Arm um die Schulter. «Komm und trink einen Schluck mit uns.» Iceman willigte nur zu gern ein und folgte Aaron zu ihrem Platz am Strand.

Aaron öffnete zwei Flaschen Banks Bier. «Würdest du die Strandtücher aus dem Kofferraum holen? Ich habe sie vergessen», sagte er mit entschuldigendem Hundeblick und gab Sibylle den Wagenschlüssel.

Da Sibylle an den letzten Ergebnissen des Kricketspiels ohnehin nicht interessiert war, ließ sie sich Zeit und machte einen kleinen Umweg auf dem Weg zum Parkplatz. Im Kofferraum entdeckte sie dann die Strandtücher nicht gleich, weil ein Karton umgefallen war und die Handtücher darunter verdeckt lagen. Neugierig lugte sie in den roten Pappkarton und öffnete ihn schließlich ganz, um deutlich zu sehen, was sie beim ersten Blick nicht hatte glauben wollen. Aaron fuhr in dem Karton Handschellen, Lederriemen und Bänder, eine Peitsche und verschiedenes anderes Sexspielzeug spazieren, dessen Handhabung Sibylle nicht vertraut war. Daneben lagen noch eine Familienpackung Kondome, Gleitcreme, zwei Fläschchen mit Massageöl, ein Latexbustier und ein dazu passender String.

Sie spürte ihr Herz im Halse pochen und verschloss hastig den Karton. Standen eigentlich alle Männer der Welt auf dieses Zeug? Gab es keinen Mann mehr, der ohne Hilfsmittel guten Sex haben konnte? Oder hatte sie selbst den Zeitgeist verschlafen?

Wütend schlug sie den Kofferraumdeckel zu und stürmte in Richtung Meer. In der Eile vergaß sie die Handtücher und war schon den halben Weg zu Aaron und dem Iceman zurückgestapft, als sie es erst bemerkte und noch einmal umkehrte. Als sie endlich zu den beiden Männern zurückkam, hatte sie sich zumindest äußerlich wieder gefangen. Wahrscheinlich, so sagte sie sich, hatte ihr Ehemann Tom ebenfalls diese Fetische gehortet und sie, als seine naive Ehefrau, hatte die Sachen lediglich nie entdeckt. Vielleicht war es ganz normal, an diesen Sexspielzeugen und Mikrokleidungsstücken aus Latex Gefallen zu finden. Möglicherweise war ja sie selbst die einzig verklemmte und rückständig konservative Frau auf diesem Planeten. Auch wenn sie in den vergangenen Tagen mehr guten Sex gehabt hatte als in den letzten fünf Jahren. Wenn sie so locker wäre, wie sie gern tat, dann wäre sie wohl auch imstande, über den Inhalt des Kofferraums hinwegzusehen. Das konnte sie jedoch nicht wirklich, so sehr sie sich auch bemühte.

Iceman warf Sibylle einen prüfenden Blick zu und gab ihr dann eine kostenlose Probe seiner Aloe Vera. Er verrieb den geleeartigen, klebrigen Saft der Pflanze auf ihren Schultern, der ein angenehm kühles Gefühl hinterließ. Nach zwei weiteren Banks brach er schließlich auf. Er verabschiedete sich von Aaron mit einem geheimen Ritual des Händeklatschens und -greifens, winkte Sibylle lässig zu und machte sich langsam in seinem wiegenden Gang auf den Weg, um am Strand seinem Geschäft nachzugehen und seine letzten Aloe-Vera-Blätter zu verkaufen.

Danach lagen Aaron und Sibylle noch eine Weile auf einem großen Badelaken einträchtig nebeneinander in der Sonne und ließen sich bräunen. Sibylle betrachtete durch den Spalt der zusammengekniffenen Lider die weißen Wolken, die am Himmel vorbeizogen, und plante in Gedanken den nächsten Mord im nächsten Kapitel ihres Romans. Das Opfer sollte der gut aussehende blonde Maler sein, den sie erst zwei Kapitel zuvor in die Story eingeführt hatte. Und danach würde der geheimnisvolle dunkle Typ dran glauben müssen, der dem Dienstpersonal nachstellte und eine gewisse Ähnlichkeit mit einem gewissen Aaron Sherman hatte. Vielleicht würde er ja bei einem speziellen Schäferstündchen von seiner Geliebten mit einem roten Latexstring erdrosselt. Keine schlechte Idee, wie sie fand.

Später am Nachmittag fuhr Aaron doch noch weiter zum North Point der Insel und zum Animal Flower Cave, doch Sibylle war müde und hungrig und fand an dem Ausflug keinen Spaß mehr. Aaron hatte ein Einsehen und fuhr gemütlich – mit der Geschwindigkeit eines Eselkarrens, wie es Sibylle schien – zurück in den Distrikt von St. Peter. Dort gab es ein kleines verstecktes Restaurant in den Hügeln, wie er ihr sagte, das fast ausschließlich von Einheimischen besucht wurde. Den Besitzern schien das recht zu sein, denn nirgends machte eine Reklametafel oder ein Hinweisschild auf «Lulu's Inn» aufmerksam.

«Lulu lebt nicht mehr», erklärte Aaron seiner Begleiterin, als er den Wagen unter zwei uralten Mahagonibäumen parkte. «Lulus Enkelin, Shirley, führt heute das Restaurant. Nebenbei betreibt sie während der Wintersaison noch ein kleines Geschäft, in dem sie Inselkeramik und originelle alte Möbel an die Touristen verkauft. Heute wird sie nur für uns kochen. Ich habe uns schon vor zwei Tagen angekündigt.»

«Du warst dir so sicher, dass ich heute Zeit für dich habe?» Aaron schien den gesamten Tag von vorn bis hinten durchgeplant zu haben, dabei hatte er sie bislang in dem Glauben gelassen, die eine oder andere Entscheidung für eine Besichtigung oder zu fahrende Route ganz spontan getroffen zu haben.

Aaron ging gar nicht auf ihre Frage ein. «Sie wird uns eins meiner Leibgerichte kochen.»

«Und das wäre?» Hoffentlich aß Aaron nicht am liebsten Seeschlangen vom Grill oder Geckos am Spieß oder etwas ähnlich Exotisches. Wer sadistische Sexspielchen liebte, dessen kulinarische Vorlieben ähnelten sicher denen von Darth Vader. Doch Aaron meinte augenzwinkernd, sie solle sich überraschen lassen.

Shirley war die perfekte Verkörperung der kugelrunden, breit lachenden Kreolin, wie man sie aus karibischen Piratenfilmen kannte und dann paradoxerweise auch noch im einundzwanzigsten Jahrhundert auf der Insel vorzufinden erwartete. Shirley war ungefähr vierzig Jahre alt, trug ein bunt geblümtes Kleid und ein dazu passendes Tuch, das sie sich um den Kopf geschlungen hatte.

«Warum hast du dich so verkleidet?» Aaron küsste sie auf die Wangen.

«Ich dachte, dass deiner Freundin diese Aufmachung gefallen würde. Außerdem hat es mir Spaß gemacht, mich so zu verkleiden, wie du es nennst.» Sie drückte Sibylle herzlich an ihre Brust, als wäre sie eine lang vermisste Schwester, und küsste Aaron dann auf die Wange, während sie noch ein tadelndes «Männer» hinzufügte.

Das Geplänkel zwischen den beiden ging eine Weile so weiter, dann mischte sich Shirleys Gatte Frank, der aus der Küche hinzutrat, mit ins Gespräch und servierte ihnen ein Mixgetränk aus Rum und verschiedenen Fruchtsäften, das eine leichte Schärfe auf Sibylles Lippen hinterließ. Das erinnerte sie wieder an ihre mittägliche Erfahrung mit Lottie's Sauce.

Da es eigentlich der Ruhetag des Restaurants war, waren sie allein im Speiseraum, der aussah, als wäre er das Esszimmer auf einer Zuckerrohrplantage. Jeden Augenblick würde die Hausherrin herausgeputzt in den Raum rauschen und dem Personal Anweisungen geben. Sibylles Phantasie ging bereits wieder mit ihr durch.

«Du schaust so verträumt vor dich hin, als würdest du nichts wahrnehmen und in einer anderen Zeit schweben.» Aaron knuffte sie neckend in die Rippen. «Ich kann mir denken, woran dich dies hier erinnert. Ein bisschen hat man das Gefühl, in einer Szene von ‹Vom Winde verweht› zu sein. Hab ich Recht?»

Sibylle errötete wie ein romantischer Teenager. «Ja, genau daran habe ich eben gedacht. Ich würde mich zu gern in Rhett Butlers Arme sinken lassen», hauchte sie mit versagender Stimme.

«Bevor ich die alten Möbel verkaufe, muss ich sie ja irgendwo lagern», erklärte ihr Shirley, ganz die Geschäftsfrau. «Da mein Verkaufsraum viel zu klein ist, um alle meine Schätze zu zeigen, möbliere ich eben das Restaurant damit, bis ich wieder Platz im Geschäft habe und ein paar der Tische, Stühle oder Schränkchen vom Restaurant in mein Antiquitätengeschäft umziehen. Ab und zu schicke ich auch einen potenziellen Kunden her, damit er sich ein Möbelstück ansieht. Meist bleibt er dann zum Essen im Restaurant, und ich schlage gleich zwei Fliegen auf einmal.» Sie strich liebevoll über die geschwungenen Beine des breiten Tisches aus fast schwarzem Holz, neben dem sie gerade stand. «Von einigen Stücken kann ich mich aber nie trennen.»

«Sweetie», tönte Franks tiefe Stimme aus der Küche, «der Fisch wird schwarz.»

«Mist!» Shirley lief eilig in die Küche, um zu retten, was zu retten war.

Schon bald darauf saßen sie zu viert an jenem großen Tisch, von dem Shirley sich nicht trennen mochte, und aßen gebratenen Fliegenden Fisch in Erdnusskruste, mit Bananencreme gefülltes Huhn in Rumsauce und zu beidem goldgelben Maisbrei.

«Köstlich», lobte Aaron.

«Einfach himmlisch», stöhnte Sibylle verzückt und dankte dem Schicksal, dass Shirleys Restaurant nicht in der Nähe ihrer Wohnung in New York lag, weil sie sofort zu den Stammgästen zählen und binnen kürzester Zeit zehn Pfund zulegen würde.

Frank zauberte zu Sibylles Überraschung ein paar erlesene Weine auf den Tisch. Sie hatte ihn nicht für einen Weinkenner gehalten und schon gar nicht für den leitenden Arzt des St. Joseph Hospitals, der er war.

«Ich habe ein paar Tage Urlaub, da darf ich meinen Leidenschaften hemmungslos frönen», erklärte er augenzwinkernd.

«Und welche sind die Objekte deiner Leidenschaften?» Aaron beugte sich verschwörerisch über den Tisch.

«Wein, Weib und Wal.»

«Seit neuestem setzt sich Frank für den Schutz der Wale ein», erklärte Shirley und begann den Tisch abzuräumen.

«Ich habe mich lange genug ausschließlich um das Wohl der Menschen gekümmert. Es war an der Zeit, die Palette zu erweitern», meinte Frank, öffnete eine neue Flasche Rotwein und lockte seine Gäste mit hinaus in den nachtdunklen Garten, wo sich die Frösche und ein paar Fledermäuse ein Stelldichein gaben.

Das Gespräche drehte sich in den folgenden Stunden um so unterschiedliche Themen wie naive Inselmalerei, die Sicherheit der Touristen in der Karibik und das Für und Wider des professionellen Schatzsuchens nach den Silberschätzen der untergegangenen Fracht- und Kriegssegelschiffe, einem weiteren von Franks Interessengebieten. Außerdem waren ihre Gastgeber passionierte Krimileser, die es genossen, sich von einer erfolgreichen Autorin in die Geheimnisse des ausgeklügelten Mordens einweihen zu lassen. Als dieses Thema erschöpfend diskutiert war und sich alle darauf einigten, dass es nicht vonnöten war, praktische Erfahrung im Morden zu erwerben, um einen erfolgreichen Thriller zu schreiben, begann Frank, noch einmal über das Walprojekt vor der Küste der Dominikanischen Republik zu dozieren, was Sibylle zunehmend ermüdete.

Gegen zwei Uhr morgens erwachte Sibylle herzhaft gähnend an Aarons Schulter. Erneut stieg ihr die Röte in die Wangen. «Tut mir Leid. Ich bin wohl etwas eingenickt.» Entschuldigend blickte sie die beiden Männer an und rieb sich wie ein Kind die Augen.

In dem Augenblick trat Shirley zu ihnen und verkündete, dass das Gästezimmer für sie bereitstehe. Und ehe Sibylle noch etwas einwenden konnte, hatte Aaron sie kurzerhand auf den Arm genommen, ein freundliches «Gute Nacht» von sich gegeben und auch schon mit dem Fuß die Zimmertür hinter ihnen beiden geschlossen.

Noch immer von Aarons Armen gehalten, spürte sie seinen Herzschlag an ihrer Brust, und sie genoss das warme, anheimelnde Gefühl, das von seiner körperlichen Nähe ausging. Da war es wieder, das Gefühl von Vertrautheit und Anziehung, das sie bereits nach kurzer Zeit verspürt hatte, als sie Aaron erst wenige Stunden gekannt hatte. Seinem lockeren, strubbeligen Charme konnte sie einfach nicht widerstehen. Er war so anders als Tom und die Männer, mit denen sie sonst zu tun hatte. Müde ließ sie den Kopf an seine Schulter sinken. Beim Blick über seine Schulter erkannte sie im Dämmerlicht ein Doppelbett, über dem ein Moskitonetz hing. Die breite Decke war bereits einladend zurückgeschlagen, und die Kissen wirkten frisch aufgeschüttelt. Nur kurz dachte Sibylle daran, zu protestieren und sich zu weigern, die Nacht gemeinsam mit Aaron in einem Bett zu verbringen, dann verwarf sie den Gedanken wieder. Sie waren beide erwachsene Menschen, und nichts würde zwischen ihnen geschehen, was sie nicht beide wollten. Erstaunlicherweise war sie bei diesem Gedanken wieder hellwach.

# 7. Kapitel

Aaron ließ Sibylle langsam an sich heruntergleiten, die, wie er zufrieden feststellte, der Versuchung nicht länger widerstand, sich dabei fester an seine Brust zu schmiegen, als es notwendig war. Vorsichtig zog er das grüne Band aus ihrem Haar, das perfekt zu ihren grünen Augen passte, und begann dann ihr Haar mit langen Strichen seiner Finger zu kämmen und auf ihren nackten Schultern auszubreiten. Ihre Haut hatte in den letzten Tagen einen sanften Goldton angenommen, der auch noch im schummrigen Licht des Zimmers zu erahnen war.

Sibylle schloss die Augen und ließ einfach geschehen, was geschah, obwohl Aaron das wahrscheinlich von langer Hand geplant hatte. Doch sie wollte gar nicht mehr gegen ihn kämpfen und die stolze, toughe Businessfrau mimen. Sie war schläfrig, jedoch nicht zu müde, um sich nicht von seinen zärtlichen Händen zu erotischen Spielereien verlocken zu lassen. Sie wollte die Sexspielzeuge im Kofferraum seines Wagens vergessen und Chinas Existenz schlicht verdrängen. Jetzt war sie es, die Aaron streichelte, der er das Top auszog, deren Brüste er mit beiden Händen umschloss und sanft drückte, als wollte er sie auf ihre Reife prüfen.

«Du duftest verführerisch.» Er rieb seine Nase an ihrem Ohr und Haaransatz und begann zärtlich, erst an dem einen und dann am anderen Ohrläppchen zu knabbern. «Ich mag deinen Duft. Überall.»

Seine Wangen waren nicht mehr glatt, sondern etwas stoppelig. Der dunkle Schimmer des nachwachsenden Bartes war nicht zu leugnen. Merkwürdigerweise empfand sie sogar das leichte Schaben seiner Barthaare als Liebkosung. Ihrer Lust folgend, fing Sibylle an, ihre Hüften zu wiegen und sich lockend an seinem erigierten Penis zu reiben, der ihr durch den Stoff seiner Hose eindeutige Signale sandte.

«Was hast du nur an dir, dass ich mich vom ersten Augenblick danach gesehnt habe?» Seine Stimme war nun dunkler als üblich, eine Stimme der Erregung.

«Wonach hast du dich gesehnt?», fragte sie gurrend und tat ahnungslos.

«Nach dir natürlich. Nach deinem Körper.» Er drehte sie zu sich herum und hauchte zarte Küsse auf die empfindliche Haut entlang ihres Schlüsselbeines und leckte mit der Zunge das Grübchen an ihrer Kehle. «Ich habe mich vom ersten Moment an gefragt, wie sich deine nackte Haut auf meiner anfühlen wird. Und wie es sein wird, wenn wir uns lieben.»

«Uns lieben?» Sie schaffte es nicht, den spöttischen Ton zu unterdrücken, weil sich nun doch wieder Chinas Bild vor ihr inneres Auge schob.

«... wie es sich anfühlt, wenn ich in dich eindringe und mich deine Möse fest umschließt ...», führte er heiser aus. Er beugte sich etwas herab und saugte jetzt an ihren harten Brustwarzen, dann rieb er sie zwischen Daumen und Zeigefinger und zupfte an ihnen. «Magst du es?»

Sie konnte nicht länger an China denken. «Seehr», stöhnte sie gedehnt und hielt die Augen fest geschlossen, um sich durch nichts von seinen gierigen, erregenden Zärtlichkeiten ablenken zu lassen.

Aaron nahm ihre Hand und führte sie zu seinem harten Schwanz. «Weißt du, dass ich jedes Mal so auf dich reagiere? Ich kann es nicht abstellen. Mein Schwanz reagiert sofort, wenn ich dich sehe», raunte er. Da sie weiterhin sanft und weich an seinem Körper lehnte, seine Zärtlichkeiten und seine Worte zu genießen schien, fragte er weiter: «Bist du bereit, meine Sehnsucht zu stillen?»

Allein, dass er sie fragte und nicht einfach über sie herfiel, ließ Sibylle dahinschmelzen. Sollte er es brauchen, sie mit Lederbändern zu fesseln und mit Schraubzwingen an exponierten Stellen ihres Körpers zu schmücken, würde sie ihm in diesem Moment keinen Widerstand leisten. Sie wollte ihn, sie wollte ihn ganz. Ein wohliger Schauer durchrieselte ihren Körper bei der Vorstellung, Aaron würde sie fesseln, vielleicht sogar peitschen. Ihr Möse tropfte vor Geilheit. Sie hatte nur noch den Wunsch, dass er seinen Worten endlich Taten folgen ließ. Sie war bereit auszuprobieren, was sie noch vor kurzem verurteilt hatte.

In Windeseile entledigten sie sich ihrer Kleider und fielen eng ineinander verflochten aufs Bett. Kurz fragte sich Sibylle, wie hellhörig das Haus wohl war und ob Shirley und Frank sie hören würden, wenn sie ihre Gefühle gleich hemmungslos herausstöhnen würde. Doch dann war ihr auch das vollkommen egal, und sie konzentrierte sich ausschließlich auf die köstlichen Empfindungen, die Aarons Berührungen auslösten.

«O ja», stöhnte sie nur noch. «Das tut gut.»

Aaron kniete zwischen ihren weit geöffneten Schenkeln und verwöhnte ihre kleine, zuckende Klitoris mit seiner

Zunge, die er wieder und wieder gegen den erregten Knopf schnellen ließ. Er änderte den Rhythmus immer dann, wenn Sibylles Hände sich in das Laken krallten und ihm zeigten, dass sich in ihr ein Orgasmus zusammenballte, wie ein befreiendes Gewitter. Als sie ihn anflehte, der Quälerei ein Ende zu machen, drückte er vorsichtig mit der flachen Hand auf ihren Bauch. Er drückte ihren Leib auf das Bett und schob im selben Augenblick langsam den Mittelfinger in ihre glitschige Grotte. Er nahm sie quasi auf den Haken, dehnte und weitete den engen Mösengang mit seinem langen Finger und schaffte es noch, dabei mit dem Daumen erneut die Klitoris zu stimulieren.

Sibylle keuchte und zuckte unter seinen Berührungen. Sie warf den Kopf auf dem Kissen hin und her, als litte sie heftigste Schmerzen. «Ja, weiter!», feuerte sie ihn an. «Nur nicht aufhören. Ich komme gleich.»

«Halt die Augen geschlossen», befahl er ihr wie seiner Sklavin und nahm die linke Hand von ihrem Bauch.

Sibylle gehorchte. Sie hörte, wie er etwas aus seiner Hose kramte, wie er leise fluchte, auch den Finger aus ihrer Möse zog, was sie zu einem wehen Schrei des Verlusts hinriss. Dann glitt er sogar vom Bett, um in seiner Jackentasche nach etwas zu suchen. Sie malte sich aus, dass er sie dabei weiter beobachtete, und traute sich nicht, die Augen zu öffnen. Als er sie endlich wieder berührte, atmete sie vor Erleichterung tief durch. Die Anspannung in ihr war so heftig, dass sie meinte, jeden Augenblick ohnmächtig zu werden, wenn er ihr nicht endlich die ersehnte Erlösung gewährte.

«Du hast einen exquisiten Arsch», raunte er ihr ins Ohr.

Sie erschrak. Begehrten neuerdings alle ihren Arsch? Sandte sie etwa eindeutige Signale dieser Art?

«Aber den heben wir uns für später auf», flüsterte er weiter, was ihre Spannung nur noch erhöhte. «Lass die Augen geschlossen, sonst muss ich sie dir verbinden», drohte er.

Sie zitterte vor Erregung und auch ein wenig vor Angst. Was hatte er mit ihr vor? Sie hörte ein Klicken, und eine Fessel wurde um ihr linkes Handgelenk geschlossen. Sofort wurde auch ihr linker Fuß von einer Fessel umfasst, die mit einem weiteren Klick mit der Handfessel verbunden wurde. Das Gleiche geschah mit der rechten Hand und ihrem rechten Fuß. Preisgegeben, an Hand- und Fußgelenken aneinander gefesselt, mit gespreizten Schenkeln lag sie auf dem Bett und präsentierte ihm so ihre weit geöffnete Weiblichkeit.

«Ich will sicher sein, dass du die Augen auch wirklich geschlossen hältst.»

Der Satz war noch nicht richtig in ihr Bewusstsein gedrungen, da hatte er ihr schon mit einem Tuch die Augen verbunden.

«Du kannst mir vertrauen, denn ich weiß genau, was du brauchst. Ich spüre, wonach du dich seit Jahren sehnst. Doch du hattest nie den Mut, es auszusprechen und deine Wünsche zu äußern. Was hattest du nur für einen Ehemann, der diese verborgenen Schätze nicht gehoben hat?» Er machte eine bedeutungsvolle Pause. «Wie fühlst du dich? Jetzt, da du mir und meinem heißen Schwanz ausgeliefert bist?»

«Es geht mir gut», hauchte sie so leise, dass es kaum zu verstehen war.

«Ich könnte nach Frank und Shirley rufen, und sie würden dich so liegen sehen. Nackt. Geil. Mit vor Erregung geschwollenen Schamlippen und dem feuchten Glitzern im Schamhaar, das von deiner Lust erzählt. Willst du, dass ich sie rufe?»

Sibylle spürte, wie sie errötete und tatsächlich für einen Bruchteil einer Sekunde zögerte. «Nein», wimmerte sie ängstlich. Diese Peinlichkeit wollte er ihr doch nicht antun? Oder würde er es etwa genießen, sie in den Augen seiner Freunde zu demütigen? Würde es ihr selbst sogar gefallen?

«Keine Angst. Ich will dich lieber für mich allein.» Er brachte seinen steifen Schwanz an ihrem Möseneingang und tat so, als klopfe er an. «Obwohl ich ganz genau weiß, dass du dir im Geheimen wünschst, von zwei Männern gleichzeitig besessen zu werden.»

Sibylle gab keinen Laut von sich und war ihm nur dankbar, dass er ihr die Augen verbunden hatte. Wie ein Kind, das hinter verschlossenen Lidern von niemandem gesehen wird, so tat sie jetzt auch so, als sei sie unsichtbar.

Seinem Schwanz wurde der Eintritt in ihre nasse Grotte nicht verwehrt. Bereitwillig öffneten sich die Muskeln und Hautfalten und hießen ihn willkommen. Mit gleichmäßigem Druck schob er sich weit in Sibylle hinein. Er bemerkte den verzückten Laut, der ihrer Kehle entschlüpfte, als er endlich bis zur Schwanzwurzel in ihr steckte und nun mit der prallen Eichel in ihrem Innern zuckte. «Beim nächsten Mal teile ich dich vielleicht mit Dennis oder mit Kevin. Würde dir das gefallen? Sag es mir! Sag mir, was dir gefallen würde!»

«Gib's mir», hauchte sie und traute der Kraft ihrer eigenen Stimme nicht.

Sein Schwanz schwoll bei ihren Worten weiter an. «Was sagst du?»

«Gib – es – mir!» Sie fasste Mut. «Ich will von dir gefickt werden, wie du Carol gefickt hast und diese verflixte China.»

«Genau so? Hart und unerbittlich? So geil und ausgiebig?» Er stieß fester in sie hinein und schob dabei seine Handflächen unter ihre Pobacken, damit er sie noch etwas mehr an sich heranziehen konnte. Ihre Haut war straff und weich zugleich. «Du willst also hart und heftig gefickt werden?»

«Ja. Ich will, dass du keine Rücksicht auf mich nimmst. Fick mich. Fick mich, um deine Lust zu stillen.»

Aaron hatte sich zwar vorgenommen, Sibylle aus ihrem prüden Schneckenhaus herauszulocken. Dass ihm das jedoch so schnell und so vollständig gelingen könnte, hätte er niemals für möglich gehalten. Bei ihren Worten, die ihn weiter anfeuerten und ihn anflehten, sie rücksichtslos zu nehmen, wurde das Rauschen in seinem Kopf lauter und lauter. Sein Körper war so schweißnass wie ihrer. Bei jedem Stoß in ihre Möse klatschten ihre Leiber feucht aufeinander. Der Duft ihrer beider Lust erfüllte den Raum ebenso wie ihr Keuchen und Stöhnen. Er wusste, dass er nicht mehr lange durchhalten konnte, und änderte daher ständig die Position und den Winkel, in dem er in ihr heißes, feuchtes Fleisch stieß. Er packte ihre Hüften so fest, dass sie blaue Flecken davontragen würde, doch sie beklagte sich nicht, sondern stöhnte noch zur Anfeuerung heftiger als zuvor.

«Ja, genau so. Oh, Aaron, das fühlt sich so gut an. Weiter so. Fester – jaah!»

Aaron gab einen erstickten Laut von sich, als würde man ihm die Luft abdrücken. Obwohl er sie gefesselt und ihr die Augen verbunden hatte, war sie diejenige, die ihn zur Höchstleistung anfeuerte. Doch jetzt war es endgültig um seine Beherrschung geschehen. Es krampfte sich alles in ihm zusammen, und endlich schleuderte er wie von einem Katapult abgefeuert sein Sperma in langen, tiefen Stößen heraus. «Billie», presste er mit versiegendem Atem ihren Namen hervor. Er fühlte, wie ihre Möse sich um seinen zuckenden Schwanz krampfte, und wie es auch ihr kam.

«Aaron», wimmerte sie hilflos seinen Namen, weil sie auf dem Höhepunkt wegen der Fesseln ihre Arme nicht um seinen Leib schlingen konnte. Sie wusste gar nicht, wohin mit ihren Zuckungen und Krämpfen. Und das erzeugte neues, qualvolles Vergnügen. Die Tränen ihrer lustvollen Unterwerfung durchnässten die Augenbinde.

«Wow», murmelte sie verzückt, als sie sich etwas beruhigt hatte und wieder mehr bei Verstand war. Fast bereute sie ihren Ausrutscher ins Land der Sinnlichkeit und Exzesse schon wieder. Aaron Sherman sollte sich bloß nicht zu viel auf seine Liebeskünste einbilden. Wie kam er überhaupt dazu, sie Billie zu nennen? So rief sie sonst nur ihre Cousine.

«Aah», meinte er belustigt, befreite sie von den Fesseln und betrachtete zärtlich aus einigem Abstand ihr Gesicht, «da ist sie ja wieder – die coole, beherrschte Sibylle Parker. Willkommen in meinem Bett.»

«Willkommen in meiner Möse», kicherte sie und brach in fröhliches Gelächter aus, als Aarons Penis im gleichen Augenblick klein und zart aus ihr herausrutschte. «Oder sollte ich besser bye-bye sagen?»

Ihre Gefühle waren durcheinander gewirbelt. Sie war gleichzeitig euphorisch und traurig, und von Coolness konnte überhaupt keine Rede sein. Ihr Kopf nahm seinen üblichen Dienst wieder auf und verarbeitete rasant den Tag mit Aaron und die letzten Stunden in Shirleys Haus und Gästezimmer. Schließlich kam sie zu dem Schluss, dass man ihr etwas ins Essen getan hatte. Anders konnte sie sich ihr Verhalten nicht erklären. Binnen weniger Tage hatte sie mehr Sex gehabt – mit unterschiedlichen Partnern wohlgemerkt – als in den vergangenen Jahren ihrer Ehe.

Sie nahm sich erneut vor, dem allen nicht zu viel Wert beizumessen und sich in den kommenden Wochen ausschließlich auf die Fertigstellung ihres Manuskripts zu konzentrieren. Ganz egal, ob Jonathan mit ihr flirtete, ob Aaron ihr Avancen machte, ob Kevin im Vorbeigehen ihren Arm berührte oder Sandy sie auf den Mund küsste, ob Carol sie lüstern anschmachtete oder Dennis anzügliche Bemerkungen machte. Egal. Sie würde nur noch schreiben, schreiben, schreiben.

Emma wäre zufrieden, weil ihre Erfolgsautorin nicht vertragsbrüchig wurde, und sie selbst fände genug Ablenkung, indem sie alle dreißig Seiten eine weitere Leiche platzieren würde.

Emma und David verlängerten zu Sibylles Überraschung ihren Aufenthalt auf Barbados, um, wie sie sagten, sich noch mehr zu erholen.

«Das ist doch eine Ausrede», meinte Sibylle und sah die Cousine fragend an. Sie wartete auf eine Erklärung, doch die bekam sie nicht.

«Wenn du es sagst», war Emmas einzige Antwort, bevor sie Arm in Arm mit David zum Strand aufbrach. Doch auch das war nicht von langer Dauer, wie Sibylle nur zu gut wusste. Emma hing ständig am Telefon oder versandte und empfing E-Mails. Wo sollte da die Erholung stattfinden?

Schaffte David es tatsächlich, seine Frau vom Schreibtisch loszueisen und mit an den Strand zu locken, sprang Emma spätestens nach einer halben Stunde vom Liegestuhl hoch, weil sie einen dringenden Anruf tätigen musste.

David rollte mit den Augen und fügte sich in sein Schicksal, und Sibylle grübelte ein ums andere Mal über den wahren Grund, aus dem sich ihre Cousine auf Barbados aufhielt. Wollte sie sicher sein, dass ihre Erfolgsautorin sich nicht ablenken ließ und am Roman schrieb? War es ihr Anliegen, sich davon zu überzeugen, dass Sibylle den Schmerz über die Scheidung überwand? Oder steckte noch etwas anderes dahinter? Es wollte Sibylle einfach nicht gelingen, der Sache auf den Grund zu gehen. Ihr kriminalistischer Spürsinn war geweckt, doch eine heiße Spur war nicht zu finden, geschweige denn die Auflösung des Rätsels. Emma war hier so anders. Vielleicht lag es daran, dass Sibylle sich zu sehr daran gewöhnt hatte, Emma in einem ihrer strengen Kostüme zu sehen, in denen sie geschäftsmäßig und reichlich zugeknöpft auftrat. Wenn Emma Lamb den Konferenzraum betrat, sank die Raumtemperatur um zwei bis fünf Grad. In der Karibik war plötzlich nichts mehr von ihrer Unterkühltheit zu finden. Obwohl sie auch hier mehrere Stunden am Tag arbeitete – etwas hatte sich an Emma verändert, und es machte Sibylle rasend, dass sie noch nicht einmal eine Ahnung dessen, was es war, zu fassen bekam. «Das ist eben der Unterschied zwischen Fiktion und Realität», sagte sie zu sich selbst und versuchte, sich auf das Manuskript zu konzentrieren.

Sandy leistete David gern Gesellschaft, wenn Kevin wieder mit Dennis auf der Insel unterwegs war. Zwischen Kevin und Sandy stand es nicht zum Besten, wie alle anderen bemerkten, ob sie wollten oder nicht. Waren Sandy und Kevin zusammen, stritten sie sich endlos. Das endete meistens damit, dass Kevin türenknallend verschwand und Sandy wütend in einem der Nachbarhäuser auftauchte, um sich abwechselnd bei Aaron, Sibylle und Emma oder bei Jonathan und seiner kürzlich aufgetauchten Gattin Lori auszuweinen. Anschließend schlenderte sie oft zum Strand, wo David sich täglich aufs Neue unter den Palmen mit diversen Romanen, dicken Kochbüchern und Tageszeitungen, die Dennis ihm vom Flughafen mitbrachte, häuslich einrichtete. Er las stundenlang, döste, ging schwimmen oder surfen. Er verbrachte die meiste Zeit des Tages am Strand, wo er für Sandy eine leichte Beute abgab.

«Wenn wir schon in der Karibik sind, will ich das wenigstens genießen. Emma ist der Workaholic der Familie. Ich bin durchaus in der Lage, mich den schönen Seiten des Nichtstuns hinzugeben.» David streckte seinen bereits gebräunten Körper der Sonne entgegen und brummte genüsslich.

«Bist du sauer auf Emma?» Sandy, die sich zu David auf die Liege gesetzt hatte, stützte sich mit den Händen am Rahmen der Liege auf, wobei es ihr gelang, mit ihrer rechten Hand sein nacktes Bein zu berühren. «Ich bin nämlich sauer auf Kevin, weil er ständig unterwegs ist. Ohne mich.» Als sei es ihr nicht bewusst, strich sie mit dem Handrücken über Davids Bein, während sie ihren Blick weiter auf das Meer hinaus gerichtet hielt.

David gab sich sehr viel Mühe, Sandys Annäherungsversuch zu ignorieren. «Emma hat einen stressigen Job, den sie aber über alles liebt. Sie ist eine der besten Agentinnen in der Buchbranche.»

«Und deswegen darf sie dich vernachlässigen?»

David lächelte mild über die Intoleranz der Jugend. «Ich habe sie zu diesem Urlaub überredet. Emma ist mir zuliebe nach Barbados geflogen. Da werde ich mich nicht darüber aufregen, dass sie zwischendurch telefoniert und ihrer Assistentin Anweisungen gibt.»

«Verstehe ich nicht», schmollte Sandy. «Ich bin da ganz anders. Es macht mich schlicht wütend, wenn Kevin sich nicht um mich kümmert oder anderen Weibern nachschaut. Er hat dieses verdammte China-Flittchen angebaggert. Und so eine lässt sich nicht lange bitten. Aber die wird schon sehen, was sie davon hat. Was findet ihr Männer bloß an so einer billigen, schwanzgeilen Tussi?» Als sie Davids zur Schau getragene desinteressierte Miene sah, fügte sie rasch hinzu: «Hast du gemerkt, wie Kevin Sibylle ansieht?»

«Nein. Wie sieht er sie denn an?»

«Gierig», fauchte Sandy.

«Keine Sorge. Sibylle ist mit ihrem Roman beschäftigt und hat kaum noch Augen und Ohren für etwas anderes. Außerdem glaube ich, dass Kevin ihr zu jung wäre.» Zufrieden rieb David seinen nackten Bauch. Er würde sich auf keinen Fall von Sandy in irgendwelche Fallen locken lassen.

«Pah, ich glaube vielmehr, dass du einiges nicht mitbekommst, was um dich herum passiert, während du in deinen Kochrezepten versinkst.»

«Zum Beispiel?» David amüsierte sich immer mehr. Sandy sah einfach entzückend aus, wenn sie wütend wurde. Sie besaß einen knackigen Körper, einen süßen Schmollmund und Augen, die so dunkelblau waren wie die Stiefmütterchen im Garten seiner Mutter. Neben aller betonter

Jugendlichkeit und vorgetäuschter Unschuld lauerte unter ihrer makellosen Haut eine erfahrene Lolita, doch Sandy war um einiges gefährlicher als das Original.

«Sibylle hatte was mit Jonathan. Das weiß ich einfach. Jedenfalls vögelten die zwei miteinander, bis Lori aufgetaucht ist. Jonathans Frau hat wahrscheinlich einen siebten Sinn für die Untreue ihres Mannes. Wir Frauen spüren so etwas.»

«Da hat sie ja viel zu tun.» Die Bemerkung war David so rausgerutscht, und er bereute sie schon im selben Moment.

Sandy sah ihn prüfend an. «Und dann hat unsere Krimitussi garantiert mit Aaron Sherman gefickt. Der wiederum lässt seine Finger nicht von China und von Carol, wenn sich ihm die Gelegenheit bietet. Würde mich nicht wundern, wenn der seinen Rüssel nicht auch noch ab und zu in einen Männerhintern schiebt.»

David holte tief Luft. Sandy war eine richtige Giftspritze. Das war ihm bislang tatsächlich entgangen. «Was du so alles beobachtet haben willst.» Die Kleine wurde ihm unheimlich. Lag sie etwa ständig auf der Lauer und spionierte herum? Das würde seiner Emma nicht gefallen. Ganz und gar nicht. «Oder höre ich da etwa Eifersucht heraus?»

Sandy rollte genervt mit den Augen. Wenn David den superschlauen, überlegenen Mann von Welt raushängen ließ und sie wie ein kleines Kind behandelte, ging er ihr auf die Nerven. Sie hatte wahrscheinlich mehr Sexpartner gehabt als er in seinen vierzig Jahren.

Was Männer betraf, machte sie sich kaum noch Illusionen. Für kurze Zeit hatte sie sich noch einmal von Kevin täuschen lassen, der ihr verspielt wie ein knuffiger kleiner Welpe vorgekommen war. Doch da war sie ja absolut auf dem Holzweg gewesen. Kevin entpuppte sich als verwöhnter Millionärssohn, der sich vom zwielichtigen Dennis in irgendwelche dubiosen Geschäfte verstricken ließ, um sich einen Kick zu holen, den er weder beim Rafting in schäumenden Bergflüssen oder beim Sprung aus dem Helicopter empfand, von den gängigen Spielarten des Sex ganz zu schweigen. Dennis und Kevin zockten, besuchten obskure Bars und kamen gegen Morgen zugedröhnt und betrunken zurück. Wenn Kevin auch noch so viel Geld besaß, so hockte er neuerdings geizig darauf wie ein Geier. Sandy hatte keine Lust mehr auf ihn. Es war an der Zeit, dass sie sich nach einem neuen Begleiter umsah, der sein Geld großzügiger verteilte.

David, der die Funktion von Emmas Schatten hatte, war definitiv dafür nicht der Richtige. Sie würdigte ihn keiner Antwort mehr, sondern sprang plötzlich auf und lief zum Wasser hinüber, wo ein dunkelhäutiger Riese stand und ihr winkte.

«Hi. Was machst du hier? Hattest du nicht gesagt, dass du zurück nach San Juan fliegen würdest?» Sie knuffte den Riesen, dem sie bis knapp zur Achselhöhle reichte, mit ihrer kleinen geballten Faust gegen die breite Brust. Wie bei einem Teddybären, den man auf die Brust drückt, damit er brummt, gab der Riese einen tiefen grummelnden Ton von sich, der sich zu einem dröhnenden Lachen wandelte.

«Habe das Flugzeug verpasst und mache jetzt das Beste draus.» Er wies auf David, der sie von seinem Platz unter der Palme aus beobachtete. «Störe ich?»

«Es wurde ohnehin gerade langweilig.» Sie gähnte genussvoll. «Lass uns ein bisschen am Wasser entlanglaufen. Das belebt meine Lebensgeister», schlug Sandy vor und stellte zufrieden fest, dass ihr Begleiter sich im Gleichschritt neben ihr in Bewegung setzte. Wie wäre es wohl, wenn sie mit diesem Riesenbaby gemeinsam die Insel verließe? San Juan kannte sie noch nicht, und möglicherweise fand sie dort den passenden Anschluss? Es sollten sich ja einige wohlhabende Typen im Spielcasino und in den Bars herumtreiben. Ihr Begleiter schien sich in den Kreisen recht gut auszukennen und über einige viel versprechende Kontakte zu verfügen. Während sie mit dem Riesen einträchtig am Strand entlangging, begann sie sich ihre Zukunft auf Puerto Rico in den buntesten Farben auszumalen. Doch wollte sie zuerst sehen, dass sie noch einen guten Schnitt machte, bevor sie sich von Kevin trennte. Die kluge Frau baut für die Zukunft vor. So lautete einer ihrer Wahlsprüche.

# 8. Kapitel

Emma gesellte sich, betont locker, mit zwei bunt dekorierten Drinks zu ihrem Mann an den Strand. «Ich dachte, ich hätte vorhin Sandy gesehen, wie sie eifrig, die Nase am Boden, deine Fährte aufnahm.» Sie sah sich suchend um.

«Die ist schon sehr bald mit einem mir unbekannten Typen verschwunden, den sie gut zu kennen schien.» David nahm seinen Drink entgegen und küsste Emma zärtlich auf den Mund. «Du hast nur zwei Cocktails, woraus ich schließe, dass du unsere kleine Nervensäge Sandy nicht wirklich vermisst.»

Emma lachte. «Sorry. Ich habe nun mal nur zwei Hände für zwei Drinks. Einen für dich und einen für mich.»

«Schreibt Sibylle? Oder musstest du mal wieder symbolisch mit der Peitsche knallen?»

Emma warf ihrem Mann einen irritierten Blick zu, den der nicht bemerkte. «Sie hat sich in ihr Zimmer zurückgezogen.»

«Dann schreibt sie.»

«Vermutlich. Ich habe nicht an der Tür gelauscht.» Tatsächlich hatte Emma eine Unterredung mit Aaron gehabt. Doch David durfte nicht erfahren, was seine Frau vor einer Stunde getan hatte. Sie fühlte noch Aarons heißen Stab in sich, spürte die geröteten Druckstellen an ihren Handgelenken und erinnerte sich noch einmal an das, was sie gerade eben erst mit Aaron Sherman erlebt hatte.

«Wir haben eine Abmachung, mein Lieber», hatte sie ihn erinnert, obwohl sie genau wusste, dass sie ihn zu Unrecht mahnte.

«Deine Cousine sitzt brav am Computer. Was willst du mehr?» Aaron bereute bereits, den Deal mit Emma gemacht zu haben. Die ganze Heimlichtuerei ging ihm zunehmend auf die Nerven. Es war täglich damit zu rechnen, dass sich jemand verplapperte und Sibylle so erfuhr, dass Aaron ganz Bajan Dreams gehörte und nicht nur das kleine Haus, in dem er jetzt logierte und das er sonst seinen Gästen zur Verfügung stellte. Von da aus war es nicht mehr weit zu weiteren Indiskretionen. Zum Beispiel darüber, welche Sorte pseudohistorischer Romane er tatsächlich verfasste und sogar mit eigenen Illustrationen versah.

«Das allein genügt nicht.» Emma war nicht zufrieden.

«Du hast mit der Einschätzung deiner Cousine richtig gelegen. Sie hat mehr Spaß an gutem Sex, als sie sich bisher eingestanden hat. Und wenn Jonathan nicht unverhofft auf der Bildfläche erschienen wäre, hätte ich Sibylle sicherlich schneller im Bett gehabt. Aber letztlich ist es doch egal, mit wem sie wieder Spaß am Leben bekommt. Ich finde, es ist sogar gut gelaufen.»

«Zugegeben», räumte Emma zögernd ein, «sie blüht auf, sie schreibt, sie geht mit dir ins Bett und mit Jonathan und mit ich weiß nicht wem noch. Die Blockade in ihrem Kopf scheint gelöst.»

«Und der Sicherheitsknoten in ihrer Möse ist ebenfalls geplatzt. Ich weiß wirklich nicht, warum du noch nörgelst. Du müsstest mir dankbar sein, dass ich dein Spielchen mitgespielt habe. Um der alten Zeiten willen.» Er trat dicht an Emma heran und begann mit der dünnen Goldkette zu spielen, an der eine ovale Perle aufgefädelt war, die sich in Emmas Halsgrübchen schmiegte. Dann fuhr er mit den Knöcheln seiner Finger an ihrem Hals hinauf, strich über ihre Wange, die sie sanft gegen seine Hand drückte. Die andere Hand legte er auf ihre Hüfte und zog sie dann langsam zu sich heran. Emma reagierte sofort, schmiegte ihren kleinen trainierten Leib an seinen und rieb sich lasziv wie eine Stripteasetänzerin an ihm.

«Der alte Zauber ist noch nicht verflogen», murmelte er dicht an ihren Lippen. Er hatte ihren drahtigen Leib immer begehrt und wollte nur zu gern eine Neuauflage ihrer alten Liebe provozieren. Emma kannte die Spielregeln. Mit Emma gab es normalerweise keine Komplikationen. Sex verpflichtete zu nichts. Das war ihre Meinung, von der sie nur zu gern auch ihre Cousine überzeugen wollte.

«Jetzt?», fragte Emma, als läse sie in seinen Gedanken.

«Ich will dich. Hier und sofort.» Um ihr zu zeigen, dass er keinen Aufschub duldete, schob er ihre Hand zu seinem erregten Penis, der stramm gegen den Stoff rebellierte und Emma drängte, ihn aus seinem Gefängnis zu befreien.

Flüchtig dachte Emma an Sibylle und David, an ihren Hochzeitstag, den David für sie so romantisch in der Karibik gestalten wollte. Übermorgen würde die Feier stattfinden, und er machte ein Riesengeheimnis aus seinen Vorbereitungen. Doch Aarons zärtlich lockende Küsse ließen alte Erinnerungen und Sehnsüchte wach werden. Sie verdrängte den Gedanken an ein schlechtes Gewissen und gab nur zu gern nach. Auch wenn sie kurz daran denken musste, wie David sie vor einigen Tagen in der eigenen Küche geliebt hatte, so war dies hier, in Aarons kleiner Küche, von anderer Qualität, denn Aaron zückte bereits ein Paar Lederfesseln, mit dem er ihre Handgelenke auf dem Rücken zusammenband. Die Vorfreude auf das, was gleich folgen sollte, floss bereits aus ihr nassen Spalte. Emma stellte sich Sibylles und Davids entsetzten Gesichtsausdruck vor, wenn sie dieses spezielle Liebesspiel in Aarons Küche sehen könnten. Sie selbst genoss es außerordentlich, manipuliert zu werden und einmal nicht für alles die Verantwortung zu tragen. Sie war eine willenlose Gespielin, die Aarons Wünschen und Befehlen gehorchte. Punkt.

Später würde sie wieder die erfolgreiche Geschäftsfrau sein, die in der Branche geliebt, bewundert und zugleich gefürchtet war.

Wortlos schob Aaron Emma mit seinem Körper gegen den Küchentresen, drehte sie dann herum, sodass sie vornübergebeugt dagegen lehnte, den Blick aus dem Küchenfenster gerichtet, vor dem, wie überall auf der Anlage, blühende Hibiskussträucher mit ihren prallen Blüten protzten. Zum Glück verwehrten sie auch den Blick von außen ins Innere der Küche. Es wäre Emma peinlich, vom Personal oder, noch schlimmer, von Lori oder Jonathan in eindeutiger Situation entdeckt zu werden.

Da ihre Hände auf dem Rücken gefesselt waren, war es ihr nicht möglich sich festzuhalten, als er nun ihre Beine weiter auseinander schob und dann ihr kleines, zartes Höschen herunterzog, um sich Zugang zu ihrer Nässe zu verschaffen.

«Bleib so stehen. Nicht bewegen», befahl er und verließ kurz den Raum. Gleich darauf kehrte er zurück, streifte Emma die flachen Strandschuhe von den Füßen und zog ihr schwarze hochhackige Pumps an, die ihr ein wenig zu groß waren. Doch sie sollte ja nicht in den Schuhen über den Catwalk spazieren, sondern lediglich ihre aufreizend langen Beine spreizen, um seine Lust zu schüren. «Besser», murmelte er zufrieden.

Er schob ihr dünnes Strandkleid ganz langsam an ihrem Körper hinauf, unter ihren gefesselten Armen hindurch und klemmte den leichten Stoff schließlich unter ihrem BH fest.

Emma stellte sich mit geschlossenen Lidern den Anblick vor, der sich Aaron nun bot. Der dünne blassrote Stoff des Kleides unter den roten BH geschoben, darunter ihre leicht gebräunte Haut, ihr nackter, nach hinten gewölbter, vollkommen preisgegebener und dargebotener Hintern und die gespreizten Beine. Wahrscheinlich war sie ein verlockender Anblick für jemanden mit Aarons Vorlieben. Zu gern hätte sie ihn um ein paar Fotos gebeten, aber Fotos steigerten das Risiko des Entdecktwerdens nur unnötig.

«Habe ich dir gestattet, so geil zu sein?» Aarons Stimme klang verändert. Ein rauer, derber Ton schwang darin mit, der, wie er nur zu gut wusste, seine Partnerin noch feuchter werden ließ. Er schob zwei Finger in ihre Möse, als wollte er ihre Feuchtigkeit überprüfen und sie erneut für ihre Geilheit tadeln.

«Nein», flüsterte Emma, «es tut mir Leid.»

«Was tut dir Leid?», fragte Aaron drohend.

«Dass ich so geil bin.»

Aaron gab einen knurrenden, missbilligenden Ton von sich und setzte die Überprüfung ihrer Säfte und Reaktionen fort. Blitzschnell beugte er sich tief hinab und leckte einmal ihre nasse Spalte bis hin zu ihrem runzeligen kleinen Loch.

Emma erzitterte und keuchte leise. Sie erntete für die Reaktionen einen kräftigen Schlag auf den Hintern. Dann strich Aaron mit festem Griff über ihren nackten Rücken und biss sie knapp unterhalb des linken Ohrs in den Hals. Er war jedoch dabei darauf bedacht, keine verräterischen Spuren zu hinterlassen, die ihr Spiel später entlarven würden. Er spürte Emmas Geilheit wachsen, sah, wie ihr Körper sich unter seiner Behandlung wand. All das weckte in ihm den Wunsch, sie noch ein bisschen mehr anzuheizen und zu quälen. Er griff die kleinen Nippelklemmen, die er zusammen mit den Pumps, einem Gummihöschen und weiteren Fesseln geholt hatte. Dann fasste er Emma grob am nackten Oberarm und drehte sie herum. Erwartungsvoll, ohne jede Furcht, sah sie ihn an. In ihren Augen glitzerte die Lust, und sie leckte sich aufreizend über die Lippen.

«Lass das», tadelte Aaron. Er schob das linke Körbchen hoch und platzierte die Nippelklammer auf ihrer aufgerichteten, rosigen Knospe. Mit einer kleinen Schraube verstärkte er noch den Druck, achtete jedoch dabei genau auf ihre Mimik. Er fügte ihr Schmerzen zu, aber auch gleichzeitig höchsten Genuss. Als wollte er sein Werk verbergen, zog er das Körbchen wieder darüber und widmete sich nun ihrer rechten Brust, die er ebenso schmückte. «Was spürst du?»

«Meine Möse tropft.»

«Das ist gut.»

«Ja.»

«Was willst du?»

«Ich will deinen dicken Schwanz in meiner Möse.» Emma zog scharf die Luft ein, als er daraufhin ihre beiden schweren, gepeinigten Brüste presste, als wolle er sie ausdrücken wie reife Orangen. Dann schob er nochmals den Büstenhalter hoch, griff unter ihre Brüste, hob sie an und wippte mit ihnen auf und ab, was den Druck der Nippelklammern nur mehr verstärkte.

«Alles zu seiner Zeit», sagte er dabei ruhig, als sei nichts geschehen. «Zuvor wirst du etwas trinken.» Er schob ihre Brüste zurück in ihre roten Körbchen, ging zum Kühlschrank, öffnete ihn und entnahm ihm eine Flasche Champagner, die er geschickt mit wenigen Handgriffen öffnete. Dann füllte er langsam ein überdimensional großes Wasserglas bis zum Rand und hielt es ihr an die Lippen. «Trink das aus.»

«Das ist zu viel.» Ein kleines Rinnsal lief an ihrer Kehle hinunter.

«Natürlich ist es zu viel, aber du wirst es brav austrinken. Nun mach schon.»

Emma gehorchte wortlos. Sie wusste, dass sich ihre Blase nach diesem halben Liter Flüssigkeit sehr rasch melden würde.

Als sie das Glas geleert hatte, befahl er ihr, sich auf den blanken Küchenboden zu knien. Er löste die Fesseln und wies sie an, wie ein Hund auf allen vieren zu verharren und auf weitere Befehle zu warten. Ihre Nippel schmerzten, ihre Möse war feucht und bereit, und Emma glaubte zu fühlen, wie sich ihre Grotte erwartungsvoll öffnete, als sie zufrieden vernahm, wie Aaron sich hinter sie hockte und den Reißverschluss seiner Hose öffnete.

Er drückte ihre Beine ein Stück weiter auseinander und klopfte mit der prallen Eichel seines erigierten Schwanzes an ihren Möseneingang, der sich sofort bereitwillig weiter öffnete. Mehrmals fuhr er mit seinem Schwanz durch ihre Spalte und reizte zusätzlich ihre Klitoris mit dem Finger.

Er wusste genau, welche Punkte und Zonen er stimulieren musste, um sie aufzuheizen und zu quälen.

Emma jammerte, sie müsse mal zur Toilette, doch Aaron antwortete nicht einmal, sondern zog ihr einfach das enge Gummihöschen an, das sich wie eine zweite Haut um ihren Hintern legte und bis in die kleinste Falte ihrer schleimigen Spalte rutschte. Das Höschen saß prall und eng wie ein Kondom. Jede Bewegung, die sie machte, drückte auf ihre steil aufgerichtete Klitoris und gleichzeitig auf die Blase.

«Willst du etwa pinkeln, du kleine Hure?»

«Jaah.»

«Was machen wir denn da? Ich kann dich auf keinen Fall in diesem Aufzug zur Toilette gehen lassen. Das verstehst du doch, oder?»

«Ja. Aber ich muss ganz dringend.»

«Dann wirst du wohl noch eine Weile ausharren müssen, bis ich dir gestatte zu pinkeln.» Aaron presste nun Emmas Beine zusammen und fing an, mit seinem Schwanz die gummiverkleidete Möse zu wichsen, was Emmas Pein nur noch vergrößerte. Sie versuchte sich vorzustellen, wie es aussah, was er mit ihr tat, und wünschte sich erneut Fotos davon. Mit einer Hand griff er zu ihren Brüsten und streifte den Büstenhalter ab. Jetzt hatte er freien Zugang zu den Nippelklemmen, die er zusätzlich zusammenkniff, bis Emma vor Schmerz und Wollust laut aufstöhnte.

«Meine Blase platzt gleich», jammerte sie erneut.

«Solange ich nicht zum Zug gekommen bin, darfst du nicht pinkeln. Es ist in deinem Interesse, für meine Befriedigung zu sorgen, meine Liebe», sagte er kalt.

«Ich tue alles, was du willst.» Emma war nur noch ein kleines Häufchen elementarer Bedürfnisse.

Als Antwort schob er sich so unter sie, dass sie seinen steil aufgerichteten Schwanz in den Mund nehmen konnte, während sie weiter über ihm hockte. Die Knie taten ihr weh, die Brustwarzen schmerzten. Sie sog und lutschte, nahm seinen dicken, prallen Schwanz tief in ihren Rachen, als wolle sie ihm ihr Lebenselixier entnehmen. Und beinahe war es ja auch so. Es dauerte nicht lange, da spritzte ihr die sämige weiße Flüssigkeit in dicken Schüben in den Mund. Sie öffnete die Lippen und ließ den Saft herauslaufen. Ein kleiner Protest ihrerseits, den Aaron nicht weiter beachtete.

«Mach's mir, jetzt», jammerte sie, «und lass mich dann pinkeln.»

«Kannst du dich immer noch nicht entscheiden? Pissen oder Ficken? Oder beides gleichzeitig?»

Seine Worte waren so erniedrigend und geil zugleich, dass Emma allein dadurch den Orgasmus in sich nahen fühlte.

«Okay. Dann muss ich mich wohl um dich kümmern.» Aaron, jetzt milder gestimmt, befahl ihr, sich auf den Rücken zu legen. Dann sollte sie die Beine anwinkeln und er rieb mit der Hand über ihre gummiverpackte Spalte. Sie wimmerte und stöhnte.

«Bleib so», kommandierte er sie, «nicht bewegen.» Er nahm ein kleines, spitzes Obstmesser vom Tresen, beugte sich dann über ihre weit gespreizten Schenkel und schnitt das Gummihöschen im Schritt auf.

«Mein Gott», japste Emma und hielt den Atem an. Was, wenn er mit der Klinge abrutschte? Was, wenn die Klinge in ihre Schamlippen schnitt? Doch nichts dergleichen geschah. Nur ihre Möse öffnete sich weit, schien nach Luft zu schnappen. «Fick mich», bat Emma. Sie hielt die Augen geschlossen, wollte seinen Triumph nicht sehen.

Er rieb und leckte ihre Klitoris. Er schob erneut seine Finger in ihre Möse und dann zwei Finger in ihren Anus. Das war zu viel für sie. Mit einem lauten Schrei, wie ein sterbendes Tier, zuckte sie im Orgasmus unter ihm. Später, nachdem ihre Spasmen verebbt waren, hielt Aaron mit beiden Händen ihren halb nackten Oberkörper auf den Boden gedrückt und befreite ihre Nippel von den Klammern. Dann – endlich – gestattete er ihr, zur Toilette zu gehen.

«Nächstes Mal will ich dir dabei zuschauen», rief er ihr hinterher.

Als sie kurz darauf das Badezimmer verließ, war ihrer äußerlichen Erscheinung von all dem Vorausgegangenen nichts mehr anzumerken. Aaron presste ihren Körper fest an seinen und küsste sie hart auf die geschlossenen Lippen. «Ich will nichts mehr darüber hören, dass du mit mir und meinen Leistungen nicht zufrieden bist. Hast du mich verstanden?»

«Beruhige dich.» Das Spiel war vorbei. Sie verdrängte rasch, was zwischen ihnen geschehen war und sicherlich so bald nicht wieder geschehen würde. «Ich muss zu David. Er wird sich fragen, wo ich bleibe.» Sie verließ mit erhobenem Kopf Aarons Haus und drehte sich nicht mehr nach ihm um. Ich bin unmöglich, dachte sie. Ich muss gestört sein, dass ich immer wieder mit Aaron Sherman dieses Spiel spiele.

Niemals durfte David etwas von alldem erfahren. Denn das wäre wahrscheinlich das Ende ihrer Ehe.

## 9. Kapitel

Emmas und Davids Hochzeitstag war eine umfangreiche Planung vorausgegangen, mit der David sich selbst übertroffen hatte. Am frühen Morgen wurde das Paar von Dennis nach Oistins gefahren, von wo aus sie mit einem kleinen Boot zu einem weiter draußen vor Anker liegenden Segelschiff gebracht wurden, das mit ihnen zu einem Segeltörn entlang der Insel startete. David hatte Sibylle anvertraut, dass sie bis auf die Crew ganz allein auf dem Schiff sein würden und die gesamte Besatzung tagsüber nur ihnen zu Diensten stand. So würden sie sich einen Tag lang wie die Besitzer der Yacht fühlen. Sibylle hatte zwar den Verdacht, dass dies mehr einer von Davids als einer von Emmas Träumen war – aber die gute Absicht zählte. Und es würde zweifellos ein besonderer Tag auf See werden. Am Abend würden die beiden zur Bajan Dreams zurückkehren, wo dann eine Party stattfand. Die Vorbereitungen dazu waren bereits getroffen. Die Ausführung würde bei Carol und Dennis in guten Händen sein. David hatte sich vergnügt die Hände gerieben. Er war mit sich und seinen Plänen sehr zufrieden und freute sich wie ein kleiner Junge.

«Ich habe selbstverständlich auch ein ganz besonderes Geschenk für Emma», schnurrte er zufrieden vor sich hin.

«Das wäre?» Sibylle sah ihn erwartungsvoll an. Was wollte der gute David wohl seiner verehrten Emma zum

Hochzeitstag schenken? Eine Autorennbahn? Eine Ausrüstung zum Hochseeangeln? Ein komplettes Set Kochtöpfe?

«Ein Klassiker.»

«Nun spann mich nicht so lange auf die Folter – was ist es?»

David zückte eine flache weiße Box mit der Aufschrift «Manfredi», deren Deckel er wie in Zeitlupe öffnete. «Was sagst du?», hauchte er.

Der Anblick des mit Saphiren und blitzenden Brillanten verzierten Colliers verschlug ihr den Atem. Die Saphire waren von einem so dunklen Blau, dass sie schon beinahe schwarz wirkten. «Halleluja. Unglaublich.»

«Nicht wahr?» David nickte zufrieden.

Sibylle stiegen Tränen in die Augen. Spontan küsste sie David auf den Mund. «Du bist wirklich der beste aller Ehemänner. Ich wünschte, ich hätte auch so ein Glück gehabt und einen wie dich gefunden.»

«Was nicht ist, kann noch werden», meinte er schmunzelnd und rieb ihr dann tröstend den Rücken, so als wollte er sie im tiefsten Winter nach einem langen Spaziergang wärmen.

«Wie denn? Du bist ein Einzelkind.»

«Ich hätte da so eine Idee ...»

«Vorsicht. Emma naht von steuerbord.» Sibylle hatte sich geistesgegenwärtig zwischen David und seine Frau gestellt, damit David genug Zeit hatte, die Schmuckbox verschwinden zu lassen. Welche Idee er in Bezug auf den perfekten Ehemann für Sibylle hatte, musste leider warten.

Nachdem Emma und David mit Dennis aufgebrochen waren, kehrte noch einmal kurz Ruhe im Haus ein, bevor Carol lautstark das Kommando übernahm und die Partyvorbereitungen begannen.

Es fehlt nur noch, dass sie die Leute mit einer Trillerpfeife durch die Gegend hetzt, dachte Sibylle. Sie saß auf der Veranda an ihrem Notebook und versuchte, den Lärm um sich herum zu ignorieren. Sie bastelte zum x-ten Mal an der heimtückischen Verführungsszene zwischen dem Hauptverdächtigen und seinem nächsten Opfer, als Jonathan die Stufen zu ihr hinaufsprang und sich in den Korbsessel neben ihr fallen ließ.

«Guten Morgen, meine Schöne», säuselte er, als sei nichts gewesen.

«Was willst du noch hier?» Sibylle hob den Blick nicht vom Notebook. Sie sah sein markantes Gesicht mit den dunklen Augen auch so deutlich vor sich.

«Ich weiß, du bist sauer auf mich. Ich wusste wirklich nicht, dass Lori nach Barbados kommen wollte. Es tut mir auch sehr, sehr, sehr Leid.»

Sibylle senkte den Deckel des Notebooks und sah Jonathan lange schweigend an, was ihn sichtlich nervös machte. «Was hätte das denn, deiner Meinung nach, geändert?»

«Was meinst du?»

«Ich meine, dass du verheiratet bist und es dir egal sein sollte, ob deine Frau auf Barbados, in Europa oder Afrika ist. Allein die Tatsache deiner Eheschließung hätte dich davon abhalten müssen, mit mir zu flirten, geschweige denn herumzuvögeln wie ein Alkoholiker nach dem Entzug.»

Jonathan lachte unsicher. Er war beleidigt. «Ach, komm. Sibylle, Liebste. Aus welchem Jahrhundert bist du denn gerade gelandet?»

«Das hat doch damit nichts zu tun. Und versuch du mir

bloß nicht einzureden, ich sei verklemmt oder etwas in dieser Art.» Sibylles Wut wurde immer größer. Wenn sie richtig wütend war, musste sie jedes Mal weinen. Wuttränen waren etwas so verdammt Unpraktisches. Sie brachten sie jedes Mal aus dem Konzept. Daher biss sie die Zähne zusammen, bis ihre Kiefergelenke knirschten. Es half. Die Tränen waren zurückgedrängt und sie wieder Herrin ihrer Stimme. «Ich habe dich ins Vertrauen gezogen und dir von Tom und meiner Scheidung erzählt. Was hast du dir gedacht? Dass ich ein leichtes Opfer bin? Bist du nicht einmal auf die Idee gekommen, dass ich in den letzten Wochen sehr verletzt worden bin und jetzt nur Trost und Liebe gesucht habe, damit mein Selbstwertgefühl wieder etwas steigt? Und du ziehst so eine billige Nummer ab.»

«Anfangs wollte ich nur mit dir flirten. Aber dann – wurde eben mehr daraus.»

«Mehr schon, aber eben nicht genug.»

«Davon war nie die Rede.» Jonathan lief jetzt wie ein Tiger im Käfig auf der Veranda auf und ab.

«Mein Fehler. Ich war eben zu romantisch und habe mir ausgemalt, wie es sein könnte. Mit dir sein könnte.»

Jonathan blieb neben Sibylle stehen und zog sie aus dem Stuhl hoch. «Warum hast du das nicht gesagt?»

«Was gesagt? Dass ich eine romantische, verblödete alte Kuh aus dem vorigen Jahrhundert bin? Außerdem hätte es nichts daran geändert, dass du verheiratet bist. Und Lori macht auf mich nicht den Eindruck, dass sie dich hergeben würde. Ihr scheint eine gute Partnerschaft zu haben.»

«Wir haben eine gute geschäftliche Partnerschaft. Aber sie ist, ebenso wie Emma, kaum mal von ihrem Job loszueisen.»

«Was Emma betrifft, scheint sie hier auf Barbados recht gute Fortschritte zu machen. Weil das bei deiner Frau nicht klappt, suchst du dir ein bisschen Zerstreuung zwischendurch.»

«Ja. Nein. Manchmal.»

«Du bist ein Bonobo.»

Jonathan hatte den berechtigten Verdacht, dass dies nichts Schmeichelhaftes war. «Ein was?»

«Bonobos sind Primaten. Affen, die den ganzen Tag Sex haben. Auch gleichgeschlechtlichen. So vertreiben sie sich eben die Zeit und die Langeweile. Und du bist so ein Bonobo.»

Er schüttelte genervt den Kopf. Jetzt flippte sie total aus. «Aber das mit uns war doch etwas völlig anderes.»

«Das lasse ich die Männer in meinen Romanen auch immer sagen.»

Er hielt Sibylles Hände fest und zwang sie, ihm in die Augen zu sehen. «Ich wollte dich nicht verletzen. Das musst du mir glauben.» Er atmete schwer, und zwei kleine Schweißperlen standen auf seiner Oberlippe. «Lori wird morgen zurück nach London fliegen, und dann sehen wir weiter. Was meinst du dazu?»

Verdammt. Er war so gut aussehend, charmant und gebildet und gleichzeitig so ein feiger Lügner. Eben ein Mann. Sibylle befreite sich rigoros aus seinem Griff. «Hör zu, Jonathan, ich versuche zu vergessen, was zwischen uns beiden war. Das Beste wird sein, du fliegst mit deiner Frau nach London oder lässt dich die nächsten zwei Wochen nicht mehr in meiner Nähe blicken. Andernfalls kann ich für nichts garantieren. Du weißt ja, ich kenne mich mit Mord aus. Und Blutrot ist meine Lieblingsfarbe.» Sie räumte ihre Unterlagen zusammen, griff Papier und Notebook und machte sich daran, die Veranda zu verlassen. «In zwei Wochen ist mein Buch fertig, ich fliege zurück nach New York, und wir müssen uns niemals mehr im Leben begegnen. Das ist ein Versprechen.» Sie ließ den verblüfften Jonathan einfach stehen.

«Blöde Kuh», schimpfte Jonathan leise vor sich hin.

«Hier bist du, Liebling.» Unverhofft stand Lori im Tennisdress auf der anderen Seite des Geländers. «Ich suche dich überall. Wir wollten doch ein Match spielen.»

Er spielte den Zerknirschten. «Tut mir Leid, Schatz, das hatte ich ganz vergessen.» Mit zwei Sätzen war Jonathan bei seiner Frau. «Ich zieh mich rasch um. Lauf ruhig schon zum Platz hinüber.»

«Verlauf dich nicht», säuselte Lori ironisch. «Zehn Minuten. Länger warte ich nicht mehr.»

Sibylle beobachtete die Szene durch die Jalousien hindurch. Vielleicht waren die beiden wirklich kein glückliches Paar. Doch das war nun wirklich nicht ihr Problem.

Am frühen Nachmittag ließ erfahrungsgemäß ihre Konzentration nach, und Sibylle ging zum Strand, wo sie es sich im Schatten einer Palme auf einer Liege bequem machte. Der leichte Duft eines Barbecues wehte vom nächsten Hotelstrand heran und ließ ihren Magen knurren, doch sie war viel zu schläfrig, um aufzustehen und sich von Carol einen Imbiss herrichten zu lassen. Der Wind in den Palmblättern, das sanfte Rauschen des Meeres, all das trug schließlich dazu bei, dass sie den leeren Magen vergaß, rasch einschlummerte und daher gar nicht bemerkte, dass sie Gesellschaft bekam.

Aaron hatte Sibylle gesucht und von Carol erfahren, wo sie zu finden war. «Munter sie ein wenig auf. Sie ist so was von gereizt», Carol hatte die Augen verdreht. «Ich bin froh, dass sie endlich das Haus verlassen hat. Du siehst ja, was hier los ist. Ich kann doch nichts dafür, wenn sie bei diesem Trubel nicht schreiben kann.» Im Haus war ein ständiges Kommen und Gehen. Tische und Stühle wurden herumgetragen, Blumenschmuck und riesige Obstkörbe angeliefert, und im Garten baute eine zehnköpfige Steelband ihre Instrumente auf.

«Ich werde sehen, was ich tun kann, damit sich ihre Laune bessert.» Aaron war zuversichtlich, dass ihm das gelingen würde.

«Sie hat sich mit Jonathan gestritten. Also sieh dich vor. Sibylle Parker ist in mordlüsterner Stimmung.»

«Das ist ihr Beruf.»

«Viel Glück.» Sie machte eine Geste, als würde man ihr die Kehle durchschneiden, dann verschwand sie wieder in ihrer Küche, und Aaron zog heimlich aus einem der Blumengestecke eine weiße Orchideenrispe, um sie Sibylle zu verehren.

Als Sibylle nach einem kurzen Schlummer erwachte, lag die Orchidee quer über ihrem Busen. Erstaunt griff sie nach ihr und blickte suchend zur Seite. Wie nicht anders zu erwarten, saß auf der Nachbarliege Aaron Sherman und betrachtete sie lächelnd.

«Wie lange lauerst du schon hier?»

«Etwa eine halbe Stunde. Du siehst entzückend aus, wenn du schläfst. Du hast im Schlaf gelacht und dabei deine Nase ganz putzig gekräuselt. Wie ein Nagetier.» Er musste ihr ja nicht erzählen, dass er ihren Körper, der von einem knappen gelben Bikini spärlich verhüllt wurde, mit dem ihrer Cousine verglichen hatte, wobei er an Emma mehr Punkte für Straffheit und an Sibylle mehr Punkte für Weiblichkeit vergeben hatte. Er beugte sich zu ihr hinüber und küsste sie lockend auf den Mund. Dabei teilte er ihre Lippen vorsichtig mit der Zunge, als traute er sich nicht recht, weil er mit ihrem Rückzug rechnete. Als sie weich und anschmiegsam blieb, vertiefte er den Kuss und ließ sich neben sie auf der Liege nieder, die dafür jedoch viel zu schmal war und ihm einiges an Balance abverlangte.

«Ich habe dich vermisst», raunte er ihr ins Ohr und wartete gespannt auf ihre Antwort, mit der sie sich für seinen Geschmack zu viel Zeit ließ.

«Mmh», brummte sie vage.

«Ist das alles, was du dazu zu sagen hast?»

«Was hast du denn erwartet? Etwa, dass ich hier auf der Stelle über dich herfalle, um zu prüfen, wie sehr du mich vermisst hast?»

Carol hatte Recht. Sibylle war in übler Laune und dabei offenbar aggressiv wie eine aufgescheuchte Natter. «Oh», er heuchelte Verzweiflung, «ich hörte bereits, dass Madame in mörderischer Stimmung sei.»

«Stimmt. Heute ist nicht mein Tag. Ausgerechnet heute.»

Er küsste sie erneut und fuhr zart mit den Fingern über ihre Brüste. Ihre Brustwarzen sprangen ihm unter dem Stoff des Bikinis freudig entgegen. «Wenigstens freuen sich die beiden, mich zu sehen. Siehst du?» Er schnippte gegen die kleinen Knubbel und brachte Sibylle damit zum Lachen.

«Schon besser. Hebt sich deine Laune etwas?»

«Es gibt immer Verräter in den eigenen Reihen.»

«Erzählst du mir, was los ist?» Er hörte nicht auf, sie zu streicheln und zu liebkosen. Sie roch nach Sonnenmilch und ihrem speziellen Parfüm, eine Mischung, die ihn anmachte und ihn nach mehr verlangen ließ. Doch zuerst musste er erfahren, wie es um Jonathan und Sibylle stand. Emma hatte ihm schließlich deswegen die Hölle heißgemacht. «Komm schon. Mir kannst du alles erzählen.»

Sibylle holte tief Luft. Er wollte es ja unbedingt hören. Selbst schuld. «Ich komme mit dem Roman nicht weiter. Es lief bisher so gut. Aber etwas hat sich in meinem Hirn verklemmt und blockiert alles. Und dann dieser Lärm im Haus. Nicht auszuhalten. Emma hat mich nach Barbados geschickt, damit ich in Ruhe schreiben kann. Und nun ist sie der Anlass für die vielen Störungen.» Sibylle nörgelte wie ein verzogenes Kind.

«Gibt es sonst noch etwas, was du mir erzählen möchtest?»

Sibylle setzte sich auf und schubste dabei Aaron unsanft von der Liege, sodass er im Sand landete. «Du willst mir doch nicht weismachen, dass du von Carol nichts erfahren hast? Dennis und Carol sind doch besser als jedes Klatschblatt.»

Aaron setzte sich im Schneidersitz hin und blickte zu ihr auf. «Also nun mal raus mit der Sprache. Was ist dir über die Leber gelaufen.»

«Was schon? Gar nicht viel. Jonathan und Lori. Und dann noch Tom und meine Scheidung. Ich selbst und die Nacht mit dir bei Shirley und Frank. Emmas Genörgel wegen des Romans und Davids Traumpaarphantasien zum Hochzeitstag und ein traumhaftes Saphircollier, das nicht für mich bestimmt ist. Und, und, und. Die Liste ist endlos.»

«Wow. Das Leben spielt dir wirklich übel mit. Lass es mich noch einmal zusammenfassen: Du freust dich nicht darüber, deinen untreuen Ehemann endlich losgeworden zu sein, dessen Geld und Lügen du nicht brauchst. Du bist verletzt, weil Jonathan dir seine Ehefrau verschwiegen hat. Aber Jonathan hat dich nicht ernsthaft interessiert. Es geht mehr ums Prinzip. Deine Cousine stresst, weil sie auf Einhaltung des Termins drängt. Du hast aber in der Vergangenheit schon mehrfach bewiesen, dass du eine erfolgreiche Schriftstellerin bist, und du wirst es auch diesmal wieder unter Beweis stellen. Vertrau auf deine Fähigkeiten und steigere dich nicht in diese ominöse Blockade. Und unsere gemeinsame Nacht beunruhigt dich, weil du Seiten an dir entdeckt hast, die du bislang nicht kanntest. Ich kann dir nur sagen, dass mir diese gemeinsame Nacht sehr viel bedeutet und ich gern weitere mit dir verbringen möchte. Wenn du endlich den Mut aufbringst, deine sexuellen Phantasien auszuleben. Sie sind bei mir bestens aufgehoben.» Aaron machte eine Pause und runzelte nachdenklich die Stirn. «Das mit dem Collier verstehe ich nicht. Da muss ich etwas verpasst haben.»

Sibylle räusperte sich gerührt. Er schien es ernst zu meinen und sich tatsächlich mit ihren Schwierigkeiten, seien es nun echte oder eingeredete, auseinander setzen zu wollen. Es war ihr aber unangenehm, Aaron bei Tageslicht von ihren sexuellen Phantasien sprechen zu hören. Aber zugegeben, wenn sie es nüchtern betrachtete, stimmte alles, was er gesagt hatte. Es stellte sich ihr aber noch die Frage, ob er überhaupt normal mit einer Frau schlafen konnte, oder ob er tatsächlich jedes Mal den zusätzlichen Kick durch Fesseln, Peitschen und Gott-weiß-was-noch brauchte, um zum

Orgasmus zu kommen. Sie hatte Mühe bei der Vorstellung, dass sie bei jedem Zusammensein mit ihm gefesselt werden sollte. Wie sollten denn die Nächte aussehen, die er mit ihr verbringen wollte? Als wollte sie den Gedanken daran schleunigst vertreiben, strich sie sich mit dem Handrücken über die Augen und schüttelte ihre dunkle Mähne. Dann stand sie auf, kniete sich neben ihn in den Sand und küsste ihn zärtlich auf den Mund. «Das mit dem Collier ist nicht so wichtig. Vergiss es.»

«Da bin ich ja erleichtert.» Er machte eine kurze Pause. «Was hältst du davon, wenn wir jetzt zu mir gehen? Im Bajan Dreams ist bis heute Abend die Hölle los. Bei mir ist es schön ruhig, und ich habe ein kuscheliges breites Bett, das ich dir sehr gern zeigen würde.» Er grinste sie frech an, was ihn jünger wirken ließ.

Sie hatte prompt die Vision eines großen Kartons voller Sexspielzeug, der unter jenem breiten Bett stand. Das wurde ja bei ihr zur fixen Idee. Sibylle betrachtete lange sein braun gebranntes Gesicht und spürte trotz allem zärtliche Fürsorge in sich aufsteigen. Die Faszination, die Aaron vom ersten Augenblick ausgestrahlt hatte, wurde stärker und stärker. Allen Spielzeugphantasien zum Trotz. Wie hatte sie sich nur für Jonathan interessieren können, wenn sie doch Aaron haben konnte? «Bist du verheiratet?», fragte sie so leise, dass es kaum zu hören war.

«Ach, das ist ja eine rührende Szene», platzte plötzlich China dazwischen, bevor Aaron eine Antwort geben konnte. Sie warf ihre schwere Sporttasche, in der sie ihr Handwerkszeug für die Massagen mit sich herumtrug, auf die Liege, stemmte die Hände auf die Hüften, die in viel zu knappen neongrünen Shorts steckten, und blickte die beiden provozierend an. «Ich muss dich sprechen», sagte sie dann zu Aaron und ignorierte dabei ungezogen Sibylles Anwesenheit.

«Ich geh schon vor. Du weißt ja, wo du mich findest.» Sibylle erhob sich, rieb sich flüchtig den Sand von den Beinen und machte sich dann eilig aus dem Staub, bevor sie der Versuchung nachgab, dem Flittchen das Genick zu brechen. Sie hasste diese China und würde niemals im Leben verstehen, was Aaron an diesem Miststück fand, deren Blicke ihre nackte Haut zu durchbohren schienen, als wollte sie ihr damit den Altersunterschied zwischen ihnen noch deutlicher machen. Aller Vernunft zum Trotz fühlte sie sich neben China steinalt.

Etwas in ihrem Kopf machte «Klick». Schlagartig sah sie die nächste Szene ihres Romans vor sich. Wenigstens dazu taugte das Weib. Als sie sich am Ende des Strandwegs noch einmal nach den beiden umdrehte, sah sie mit Genugtuung, dass jetzt offenbar zwischen China und Aaron Krieg herrschte, ähnlich wie am Morgen zwischen ihr und Jonathan. Mit zufriedenem Lächeln summte sie einen alten Hit von Elton John «I'm still standing, yeah, yeah, yeah ...». Ihre schlechte Laune verflog. Sie fühlte sich auf einmal so beschwingt und sang den Song noch, als sie kurz darauf in ihrem Badezimmer unter der Dusche stand. Während sie das heiße Wasser auf ihren Nacken prasseln ließ, schrieb sie in Gedanken den Dialog ihres Kapitels weiter, mit dem sie am Morgen nicht vorangekommen war.

«Du hattest einen Massagetermin gebucht», fauchte China Aaron an. «Und ich stehe wie blöd vor deinem Haus und warte darauf, dass du erscheinst. Wenn mich nicht zufällig

Carol gesehen und mir den Tipp mit dem Strand gegeben hätte, würde ich noch immer auf dich warten. Hast du mir etwas zu sagen?»

«Du kannst mir die Stunde in Rechnung stellen. Ich habe es schlicht vergessen.»

«Ach, stehst du plötzlich auf Oldies und frönst der Leichenschändung?»

«Jetzt hörst du mir mal zu, meine Liebe.» Er fasste China an den Schultern und schüttelte sie grob. «Dieses Gespräch haben wir vor kurzem schon einmal geführt. Du hast keine Rechte an mir, und du bist es, die in Kürze heiraten wird. Es geht dich überhaupt nichts mehr an, mit wem ich zusammen bin. Ob die Frau uralt ist oder blutjung – es geht dich, verdammt nochmal, nichts an. Haben wir uns verstanden?» Er schüttelte China so heftig, dass sie aufschrie.

«Was ist an dieser Krimischnepfe denn so toll?»

«Sie macht keine so albernen Szenen wie du.»

«Und das ist alles?» China stampfte wie ein störrisches Kind mit dem Fuß auf.

Aarons Kiefergelenke mahlten, und er ballte die Hände zu Fäusten, um sich zu beherrschen und China nicht ins Gesicht zu schlagen. Wohin nur war ihr verführerischer Charme entschwunden? Oder hatte er sich getäuscht? War sie auch früher schon nur eine berechnende, niederträchtige Zicke gewesen, und er war lediglich zu verblendet und zu geil auf ihren geschickten, willigen Körper gewesen, um es zu bemerken?

«Sibylle hat, im Unterschied zu dir, Klasse. Die Einladung zur Party heute Abend, die kannst du vergessen. Ich gehe alleine. Wir sollten uns nicht mehr sehen. Du musst mehr an Luiz denken, an deine Hochzeits- und Zukunftspläne.» Er machte sich auf den Weg zum Haus, drehte sich aber doch noch einmal zu ihr um. «Und du solltest in Zukunft nicht mit Dennis vögeln. Sein Apartment hat Ohren. Ich an deiner Stelle hätte Angst, das Luiz davon erfährt und die Hochzeit», er schnickte mit den Fingern, «sich in Luft auflöst.»

«Du gemeiner Kerl», schrie sie. «Ich an deiner Stelle hätte auch Angst, dass sich deine speziellen Vorlieben im Bett herumsprechen.» Jetzt schnickte sie mit den Fingern. «Ich brauche nur ein paar Telefonate zu führen, und schon kannst du dich auf Barbados nirgendwo mehr sehen lassen. Ich weiß von all deinen Affären. Hat schon jemand deiner Krimimumie erzählt, dass Bajan Dreams dir gehört? Sie scheint ziemlich ahnungslos zu sein. Vielleicht sollte ich sie mal über so einiges aufklären. Vielleicht interessiert es Sibylle ja, welche intime Verbindung du zu ihrer Cousine hast? Das könnte ein richtig nettes Gespräch unter Frauen werden.»

Aaron hörte ihre Drohung, doch er widerstand der Versuchung, zu ihr zurückzugehen und ihr den Hals umzudrehen. Irgendwie musste diese Furie zum Schweigen gebracht werden. Jetzt könnte er gut Sibylles mörderisches Potenzial gebrauchen. Bei dem Gedanken an ein gemeinsam mit Sibylle geschmiedetes Mordkomplott schlich sich ein kleines böses Lächeln um seine Mundwinkel.

China sah ihm mit Tränen in den Augen nach. Er stapfte wütend davon und drehte sich nicht einmal mehr nach ihr um. Aaron Sherman hakte sie gerade ab. Einfach so. Er kam überhaupt nicht auf die Idee, sie könne ihn lieben. Dass sie sich mehr erhofft hatte und ihn mit ihrem Gerede über

Hochzeit und Kinder nur hatte eifersüchtig machen wollen, damit er endlich begriff, wie es um sie stand, dieser Gedanke kam ihm nicht.

Schluchzend sackte sie auf der Sonnenliege zusammen und heulte, bis sie keine Tränen mehr hatte.

Etwa eine Stunde nachdem sie sich am Strand von Aaron getrennt hatte, schlenderte Sibylle zu seinem Haus hinüber, betrat den kleinen Vorraum und rief: «Aaron, bist du da?»

«Hier. Komm zu mir.»

Sibylle ging zögernd weiter und sah sich nach Aaron um, konnte ihn aber nicht entdecken. Lag er bereits nackt auf dem Bett und erwartete sie? Wo war das Schlafzimmer mit seiner breiten Lagerstätte, von der er gesprochen hatte?

«Marco?», rief sie in Erinnerung an ein altes Kinderspiel.

«Polo», kam auch schon seine Antwort.

«Marco?»

«Polo.» Sie folgte dem Laut seiner Stimme, ging durch den Flur und einen großzügig geschnittenen Wohnraum und gelangte schließlich zum Schlafzimmer am anderen Ende seines Bungalows. Alle Räume waren in den Farben Beige und Braun eingerichtet und strahlten eine warme, männliche Note aus. Aaron lag tatsächlich, wie vermutet, auf dem Bett. Jedoch nicht nackt, sondern in einer Art beigefarbenem Seidenkimono. Er breitete wie ein russischer Politiker die Arme aus. «Komm zu mir, Liebste», schnurrte er wie ein zufriedener Kater, der sich daranmachte, die Maus in die Falle zu locken, um sie anschließend mit Beilagen garniert zu verspeisen.

Als sie in seine Arme glitt und in seine Augen blickte,

hatte sie den Wunsch, alles zu vergessen. Sie dachte zu viel nach, zog zu vieles in Erwägung, und trotzdem entgingen ihr die wichtigen Dinge im Leben, das hatte sie die jüngste Vergangenheit ja bitter gelehrt. Jetzt sollten nur noch sie beide existieren. Aaron Sherman und Sibylle Parker und ihr ganz intimer erotischer Kosmos. Für nichts anderes sollte mehr Platz sein auf dieser Welt. «Glaubst du, wir können ohne Fesseln, Peitschen und Ketten miteinander schlafen?» Sibylle erschrak selbst bei dieser Frage. Aaron sollte sie nicht für spießig halten. Gerade lief alles recht gut zwischen ihnen.

«Warum nicht? Wir können es auf jeden Fall versuchen.»

«Gut.» Sie hatte diese fixe Idee, feststellen zu müssen, ob ihr ganz normaler Sex überhaupt noch Spaß machte. Hatte sie sich, ob sie es wollte oder nicht, auf die dunkle Sexseite ihres Ehemannes geschlagen?

«Du möchtest es also in der Missionarsstellung und ohne irgendwelches Beiwerk.»

«Ich habe nichts von der Missionarsstellung gesagt.» Sie löste sich aus seinen Armen, stellte sich neben das Bett und knöpfte verführerisch langsam das luftige bunte Kleid auf, das sie nur wegen der langen Knopfleiste ausgewählt hatte. Darunter trug sie bloß Haut. Keinen BH, kein Höschen. Nur Haut und einen Spritzer Parfüm.

Ihr Blick fiel auf die Wölbung zwischen seinen Beinen, und sofort reagierten ihre Brustwarzen und ihre Klitoris auf den Anblick seiner kaum verhüllten Erektion. Es stimmte also, dass er auf sie reagierte. Sie machte ihn ebenso an wie er sie. Eine heiße Welle brandete zwischen ihren Schenkeln und sorgte für Feuchtigkeit. Wenn sie auch nicht an seinen Fesseln und Stricken und Peitschen interessiert war, so sollte er doch trotzdem auf seine Kosten kommen. Sie beide sollten den Liebesakt genießen. Ihr Kleid fiel zu Boden. Sie stellte ihr rechtes Bein auf das Bett und gewährte ihm so Einblick in ihre feuchte, sich langsam öffnende Spalte.

«Du bist eine wunderschöne Frau», murmelte er mit heiserer Stimme. Es war ihm nicht möglich, den Blick von ihrer rosigen Möse zu lösen. «Reib deine Klitoris und steck den Finger in die Möse.»

Sibylle gehorchte. Nicht nur weil er es so wünschte, sondern auch weil es ihre Erregung weiter steigerte. Mit Zeige- und Mittelfinger rieb sie über die weiche Haut, unter der sich die Klitoris noch verbarg wie hinter einem geheimnisvollen Schleier. Doch schon hob sich lustvoll der rosa Knopf, und sie begann ihn fester zu stimulieren. Um sich dabei ausschließlich auf ihre Empfindungen zu konzentrieren, schloss sie die Augen.

«Dein Anblick macht mich so geil. Du hast die süßeste Möse, die ich mir vorstellen kann.» Aaron wusste, dass seine Worte sie in ihrem Tun bestätigten und sie mutiger werden ließen. Schon beobachtete er, wie sie ihre Labien mit den Fingern öffnete und dann zwei Finger tief in den schleimigen Schlund ihrer Möse versenkte und sie darin auf und ab bewegte.

«Du kannst es besser als ich», stöhnte sie. «Deine Finger sind länger als meine und dicker. Sie füllen mich fast so gut wie dein Schwanz.»

Mit leisem Aufstöhnen zog er sie dicht zu sich heran und kam der Aufforderung nach. Seine Finger massierten die festen Muskeln ihrer Vagina, sie wurde nasser, und die Säfte flossen aus ihr heraus.

Sibylle kniff ihre Brustwarzen und zupfte an den dunkelroten Knospen, die sich wieder hart wie Steine anfühlten. Vage dachte sie daran, dass sie sich auch um Aarons Schwanz kümmern sollte, doch sie genoss noch zu stark, was in ihrem eigenen Körper geschah. Tief in ihrem Schoß begann es bereits zu zucken. Die ersten Anzeichen für den nahenden Orgasmus. So schnell sollte es nicht gehen. Darum ließ sie sich auf seinen Körper gleiten, wobei sie zwangsläufig ihre Möse freigab. Sie schlug die Seiten des Kimonos zurück und starrte fasziniert auf den dicken, an der Eichel hoch geröteten Penis, der sich ihr entgegenstreckte. An der Spitze saß ein kleiner Sehnsuchtstropfen, den sie schnell ableckte. Aaron litt. So viel war klar. Sie sammelte genügend Speichel im Mund und umschloss dann zärtlich die pralle Eichel mit ihren Lippen. Mit der Zunge glitt sie weich und nass um das Zentrum seiner Lust, bis er scharf den Atem einzog und sie bat, etwas langsamer vorzugehen.

«Vorsicht. Hochspannung», stöhnte er matt.

«Okay. Dann legen wir eine kleine Pause ein.» Sibylle strich über seine nackte Haut und reizte mit den Daumenkuppen seine kleinen Brustwarzen, die sich ebenfalls zusammenzogen, wie es ihre eigenen getan hatten. Seine winzigen Warzen rührten sie, und sie leckte und knabberte mit den Schneidezähnen gefühlvoll an ihnen.

«Himmlisch», stöhnte er.

Sie nagte fester an den kleinen Knöpfen, ergriff mit der linken Hand wieder seinen harten Schwanz und rieb ihn mit sanftem Druck. Aaron hob die Hüften. Er drängte sich ihren lustvollen Berührungen entgegen und bekam nicht genug davon. Sie griff nun gleichzeitig die Wurzel seines

Schaftes und drückte dabei mit der äußeren Kante ihrer Hand auf seine Hoden. Dies wiederholte sie mit steigendem und wieder nachlassendem Druck, bis sie glaubte, sein Schwanz würde jede Sekunde explodieren. Doch nichts dergleichen geschah.

«Reite auf mir.»

Sie hockte ja schon mit gespreizten Beinen über ihm, rutschte nun bloß ein Stück tiefer und pfählte sich langsam mit seinem eisenharten Stab, so langsam, dass er zuschauen konnte, wie sein Stab langsam in ihren weichen Hautfalten verschwand. Als sie den Rücken nach hinten bog und den Winkel des tief eingedrungenen Schwanzes so weit veränderte, dass ein Ast in dieser Position bereits zerbrochen wäre, hob Aaron erneut die Hüften und drückte gegen ihren G-Punkt, bis sie zuckend und wimmernd zum Orgasmus kam.

Als sie ruhiger atmete und auf seinem schweißnassen Leib zur Ruhe kam, spürte sie endlich, dass Aaron noch immer hart in ihr steckte. Wie war das möglich?

«Du wolltest es doch in der Missionarsstellung.» Er rollte sich mit ihr herum, bis sie unter ihm lag, öffnete ihre Schenkel, ließ sie die Beine anziehen, bis ihre Knie fast den Bauch berührten, und dann stieß er in sie hinein. Er hatte an Härte und Größe zugenommen und füllte sie bis zum letzten Winkel aus. Sein heißer Schaft glitt ohne Widerstand in ihrer glitschigen Möse auf und ab.

«Massier deine Brüste und sag mir, was du fühlst», forderte er sie auf.

«Ich fühle, wie du mich sozusagen bekehrst – in der Missionarstellung.» Doch dann wollte sie sich nicht länger beherrschen. Es war ihr egal, ob er zum Höhepunkt kam.

Egoistisch feuerte sie ihn an, damit er sie tiefer und härter beglückte. «Fester. Stoß tiefer rein. Ja ...»

Aaron steigerte das Tempo und prallte mit den Hüften auf die weichen Innenseiten ihrer gespreizten Schenkel. Der Druck in den Lenden nahm zu. Er stand kurz vor der Explosion und kam zeitgleich mit Sibylles zweitem Orgasmus. Sein Stöhnen war wie schmerzerfülltes Schreien, das von seiner lustvollen Qual zeugte.

Aaron küsste ihre harten Brustwarzen und bettete seinen Kopf dann bequem zwischen ihre Brüste. Er spürte ihr Herz heftig an seiner Wange klopfen. Wenn er ehrlich zu sich war, musste er sich eingestehen, dass er nicht daran geglaubt hatte, ohne seine Fesselspiele und die deutliche Unterwerfung seiner Partnerin einen derart heftigen Orgasmus zu haben. Seine Lenden, sein Schwanz, seine Hoden, alles hatte sich aufgelöst, war geschmolzen und in sie hineingeflossen. Die perfekte Symbiose. Keine Frage. Sibylle Parker war etwas Besonderes. Vielleicht konnte etwas von Dauer daraus werden? Gab es in der Abmachung mit Emma hierzu irgendwelche Vorschriften? Er dachte konzentriert nach, während er weiter Sibylles Herzschlag lauschte. Er konnte sich an keine diesbezüglichen Vorschriften erinnern. Emma hatte wahrscheinlich überhaupt nicht in Erwägung gezogen, dass zwischen ihm und Sibylle mehr entstehen könnte, als es der kleine Kurs in Sexualerziehung vorsah. Aber warum eigentlich nicht?

# 10. Kapitel

Das Glück strahlte auf Emmas und Davids Gesicht. Sie turtelten wie ein frisch verliebtes Paar, als sie am frühen Abend zur Villa zurückkehrten. David lotste Emma durch den hinteren Eingang direkt in ihr gemeinsames Zimmer, damit sie so wenig wie möglich von den Vorbereitungen mitbekam. Lediglich die Band, die sich bereits einspielte, war nicht zu überhören.

Emma hatte ohnehin geahnt, dass abends eine Party steigen würde, wollte aber David nicht den Spaß verderben und spielte die Ahnungslose.

Sie trug am Abend ein schulterfreies stahlblaues Abendkleid und das dazu perfekt passende Saphircollier, als sie mit David, der in einem für ihn untypischen Smoking steckte und sich darin nicht ganz wohl fühlte, zu den bereits versammelten Gästen stieß. Obwohl das Hochzeitspaar die Attraktion sein sollte, drehte sich vom ersten Moment an alles nur um Emma. David war zufrieden, sich am Rand der illustren Gesellschaft aufzuhalten. Nach dem Essen eröffneten sie den Tanz unter freiem Himmel. Auf Emmas besonderen Wunsch wurde ein Tango gespielt, der in der karibischen Interpretation der Steelband ein wenig gewöhnungsbedürftig klang. Doch schon bald tanzten fast alle Freunde mit dem Jubelpaar. Ihr zehnter Hochzeitstag sollte ein unvergesslicher Abend werden.

«Sie sind alle eine bisschen gaga», meinte Carol, die von Dennis auf der Tanzfläche hin und her geschoben wurde und sich dabei wie eine füllige Ginger Rogers fühlte. Dennis war ein begnadeter Tänzer, der perfekt führte und aus jeder Tanzpartnerin eine Primaballerina machte.

«In ein paar Tagen ist alles vorbei. Dann herrscht erst einmal für vier Wochen Ruhe, bevor der nächste Ansturm kommt.» Dennis atmete in der Vorfreude darauf bereits jetzt auf.

Die Musik machte eine Pause, und alles drängte an die Bar zwischen Pool und Strandweg, die festlich von bunten Lichterketten beleuchtet war.

«Aaron wird es genießen, sein Haus wieder für sich zu haben.»

«Ich habe sowieso nicht begriffen, was dieses alberne Versteckspiel sollte.» Carol schüttelte missbilligend den Kopf. «Ich sag's doch: Die sind etwas gaga.»

Kurz vor Mitternacht standen Emma und Sibylle abseits der ausgelassen feiernden Gesellschaft.

«Eine schöne Party. David liebt dich und zeigt es dir, wo und wie er nur kann.» Sibylle drückte ihre Cousine herzlich an sich. Sie freute sich über Emmas Glück.

«Ja, ich scheine wirklich auf der Sonnenseite des Lebens zu stehen», meinte Emma versonnen. Sie wurde von etwas abgelenkt, was sich hinter Sibylles Rücken abspielte und wohl noch von niemand anderem bemerkt worden war. «Nun schau dir diese beiden an. Die gehen aufeinander los wie zwei Kampfhähne.»

Sibylle drehte sich um und erblickte China, die wieder einmal ein unanständig durchsichtiges Kleid trug. Sie schlug auf Aaron Sherman ein, der sie schließlich fest am Arm packte und hinter sich herzog. «Er schleppt sie zum Strand.» Etwas schnürte Sibylles Kehle zu.

«Ich hoffe, er weiß, was er tut.» Emma gab Dennis, der gerade in ihre Richtung sah, ein Zeichen und winkte ihn zu sich heran. «Tu mir bitte den Gefallen und folge China und Aaron zum Strand.»

«China?», fragte Dennis verblüfft. «Ich habe sie heute Abend noch nicht gesehen. Du musst dich irren. Aaron ist allein gekommen.»

«Ich bin weder blind noch betrunken», fauchte Emma so böse, dass selbst ihre Cousine vor Schreck zusammenzuckte. «Aaron hat sie gerade den Pfad zum Strand entlanggezerrt, und du wirst ihnen jetzt folgen und dafür sorgen, dass sie verschwindet. Das fehlte mir noch, dass es vor all meinen Gästen zu einer Szene kommt.»

Dennis fügte sich schweigend und trollte sich in Richtung Strand.

«Er wird sie schon nicht ersäufen», beschwichtigte Sibylle Emma. Sie verstand nicht, warum Emma so ein Theater machte. Da hatte sie selbst wohl schon eher einen Grund, hysterisch zu werden.

«Natürlich nicht.» Emma lenkte ein und lachte unnatürlich. «Ich bin zu empfindlich, aber es war bisher ein absolut perfekter Tag. Ich möchte nicht, dass ihn mir jemand kaputtmacht.» Sie hakte sich bei Sibylle ein und ging mit ihr zur Tanzfläche zurück, wo sie ihren Ehemann lächelnd zum Tanz aufforderte und Sibylle in Kevins Richtung schob. «Kevin, da ich Sandy nirgendwo sehe, hättest du sicher nichts dagegen, mit meiner Lieblingscousine zu tanzen, oder?»

Sibylle hätte Emma am liebsten gewürgt. Was sollte das nun wieder?

«Sorry, Emma. Ich bin auf der Suche nach Sandy. Wir haben uns vorhin gestritten, und jetzt finde ich sie nirgendwo. Wo kann sie nur sein? Vielleicht ist sie ja ans Meer gegangen. Sie geht manchmal nachts am Wasser spazieren.» Bevor die Frauen etwas sagen konnten, ließ er sie stehen und machte sich in Richtung Strand davon.

Auf Emmas Stirn zeigten sich tiefe Sorgenfalten.

«Sie streiten sich doch seit Tagen ständig. Ich verstehe gar nicht, dass er ihr hinterherläuft.» David, der zu ihnen getreten war, nahm beide Frauen bei der Hand. «Wir verschieben den Tanz auf später und erfrischen uns mit einem Glas Champagner.»

Emma und Sibylle warfen sich hinter seinem Rücken einen verschwörerischen Blick zu und folgten ihm wie gut erzogene Kinder.

Aus irgendeinem Grund verstreute sich die Partygesellschaft im Laufe der Nacht auf dem gesamten Gelände, und gegen Morgen blieb nur der Teil der Gäste zurück, der auf Bajan Dreams wohnte.

Kevin und Sandy fanden einzeln zur Party zurück und schossen seither böse Blicke in die Richtung des anderen.

Aaron tauchte eine ganze Weile nach Dennis wieder auf. Er wirkte aufgewühlt und machte einen abwesenden Eindruck. Sibylles Versuch, mit ihm über den Vorfall zu reden, wiegelte er brüsk ab. Sibylle war stinksauer. Was bildete der Kerl sich ein? Weil er gut im Bett war und ein paar Kunststückchen konnte, gab ihm das noch lange nicht das Recht, mit ihr so umzuspringen, als sei sie seine Hure. «Du verwechselst mich gerade mit deiner chinesischen Nutte, was?», schimpfte sie böse.

Aaron machte einen Fehler. Nein. Sie selbst hatte einen Fehler gemacht, als sie sich mit ihm und auf seine Experimente einließ. Sie hatte sich zur Närrin gemacht. So war das. Sie war eben für so etwas nicht geeignet, weil sie die Spielregeln dieses ganz speziellen Spieles nicht kannte. Das wurde ihr schmerzhaft bewusst. Sibylle ließ Aaron stehen, der nicht einmal bemerkte, dass sie ging.

Nach seiner Rückkehr vom Strand tanzte Dennis mit Carol und danach mehrmals mit Sandy. Gegen Morgen schob er Sibylle über die Tanzfläche, wurde dabei jedoch von Kevin abgelöst, der den verschobenen Tanz nachholen wollte. «Sonst schmollt Emma an ihrem Ehrentag. Und das ist nicht gut.»

Als die Band zum unwiederbringlich letzten Tanz aufspielte, machte sich Sibylle aus dem Staub, um nachzudenken, und schlich sich nach dem Tanz mit Kevin zum Strand hinunter. Auf dem Weg dorthin griff sie sich eine halb volle Flasche Champagner und trank salopp aus der Flasche. In der einen Hand die Flasche, in der anderen die Riemchen ihrer teuren Sandaletten, schlenderte sie im Licht des Vollmondes am Saum des karibischen Meeres entlang, sog tief die frischen Gerüche in ihre Lungen, ließ die sanfte Brise über ihre nackte Haut streicheln und wälzte sich im Weltschmerz. Sie fieberte der Abreise entgegen und fasste einen Entschluss: Die letzten beiden Kapitel des Buches würde sie in New York schreiben. Später am Tag wollte sie sich nach den nächsten Flügen erkundigen. Nur fort von Barbados, und das so rasch wie möglich.

Ein heller Schimmer unter einer Palme nahe der kleinen Strandhütte erregte ihre Aufmerksamkeit. Hatte jemand sein Strandtuch vergessen? Sie ging näher heran, nahm den letzten Schluck aus der Flasche und wäre vor Schreck beinahe daran erstickt. Es war kein Strandlaken, das unter der Palme lag. Dort lag China, und sie atmete nicht. Sibylle beugte sich hinunter und prüfte den Pulsschlag. Sie spürte nichts. Wie war sie gestorben? China sah äußerlich unversehrt aus.

Sibylles Herz schlug ihr im Hals. Dies war ihre erste echte Leiche. Sie hatte China nicht ausstehen können, aber sie hatte ihr ganz bestimmt nicht den Tod gewünscht. Wie alt mochte China gewesen sein? Sicher nicht älter als fünfundzwanzig. Die Kleine hatte ihr Leben noch vor sich gehabt. Und Aaron hatte sie zum Strand geschleppt, gefolgt von Dennis ...

Keuchend hastete Sibylle zum Haus zurück und steuerte schnurstracks auf Dennis zu. «Ende der Party. Am Strand liegt eine Leiche. Du musst die Polizei benachrichtigen.»

Während die verbliebenen Gäste sich aufgeregt im Haus versammelten, ging Sibylle schon bald darauf mit einem Polizisten erneut zur Fundstelle der Leiche zurück. Erst jetzt, bei genauer Betrachtung, sah sie, dass Chinas weißes Kleid über ihren Körper gelegt worden war. Sie lag, nur mit einem weißen Bikini bekleidet, im Sand. Das Kleid war wie eine Decke über sie gelegt worden. Vom Mörder.

Sibylle kam vom Strand zum Haus zurück und betrat aufgewühlt den Raum, in dem sich die übrigen Freunde versammelt hatten und Spekulationen über die nächtlichen Vorgänge anstellten. «Ich habe mich nicht getäuscht. Die

Tote am Strand ist tatsächlich China. Man hat ihre Leiche so hergerichtet, dass es fast aussah, als hätte sie sich zum Sonnenbad an den Strand gelegt: Sie trug einen Bikini. Das Kleid ist ihr nur lose übergelegt worden.»

«Was ist daran so ungewöhnlich?», wollte David merkwürdig unbeeindruckt von allem wissen, als würde es ihn nicht überraschen, dass China tot war und in Sonnenbad-Stellung auf dem Privatstrand der Anlage lag.

«Es ist mitten in der Nacht. Wer sonnt sich nachts? Und außerdem hatte sie vorhin etwas mehr als nur einen Bikini am Leib.» Sibylle hatte das Gefühl, dass sie jede einzelne Minute der Party erinnern musste, um auf einen Hinweis stoßen zu können. «Ich frage mich, wer sie in so kurzer Zeit getötet hat und die Szene so arrangieren konnte?»

«Sie war doch gar nicht auf der Party. Oder ist mir da etwas entgangen?» Jonathan sah in die Runde, bekam jedoch keine Antwort.

«Und was schließt die Polizei nun daraus?» Emma knackte nervös mit den Fingerknöcheln.

«Ist doch logisch.» Sibylle verlor langsam die Geduld. Ihre Cousine dachte doch sonst blitzschnell. Was blockierte heute ihr Denken?

«So? Für dich vielleicht», meinte Sandy wütend. «Du vergisst wohl, dass wir es nicht täglich mit einem Mord zu tun haben. So wie du.»

Sibylle ignorierte den kindischen Vorwurf völlig. «Die Frage ist doch, war es eine Tat im Affekt oder vielmehr ein geplanter Mord», sagte sie wie zu sich selbst, als würde sie nicht länger zu den anderen sieben sprechen, die sich mit ihr im großen Wohnzimmer von Bajan Dreams befanden.

«Und wer von Ihnen könnte ein Motiv gehabt haben?» Keiner hatte den Beamten in Zivil bemerkt, der in Begleitung von Carol ins Zimmer getreten war und ihr Streitgespräch belauscht hatte. Nun wandten sich ihm alle Blicke zu, aber er wies sich nur knapp als leitender ermittelnder Beamter aus und wiederholte dann seine Frage.

«Wer hätte ein Motiv gehabt, China Williams zu ermorden?»

«Da dürfte es einige gegeben haben», meinte Sandy mit zufriedener Miene.

«Nämlich?» Der Beamte sprach nicht nur mit Sandy, sondern verhielt sich wie ein Filmkommissar und sah alle im Raum Versammelten nacheinander an.

«Damit ist keiner von uns gemeint. Meine Freundin spielt damit auf Chinas verschiedene Liebhaber an. Die Kleine war nicht wählerisch in der Auswahl ihrer Lover.» Kevin legte mit Beschützergeste den Arm um Sandys Schultern, die sich dabei nicht ganz wohl zu fühlen schien und leise fauchte: «Davon soll es ja mehrere hier im Zimmer geben.»

«Gehörten Sie auch zu den Liebhabern?» Der Beamte, ein dunkelhäutiger, schmaler Mann mit kleinen Narben auf den Wangen, lehnte sich, scheinbar völlig entspannt, mit dem Rücken an das schwere, übervolle Bücherregal, das gleich neben der Tür stand.

Sibylle betrachtete den Mann eingehend. Er gab für eine Schriftstellerin ein gutes Studienobjekt ab, wie sie fand, und das lenkte sie von ihren wilden Phantasien ab, die sich um Chinas potenzielle Mörder rankten.

Sie schätzte den Beamten auf Ende dreißig. Er war zu unauffällig gebaut, und sein Gesicht war zu grob geschnitten, um bei Frauen Chancen zu haben. Offenbar war er sich dessen bewusst, vermutete sie, und zählte daher mehr auf die Kraft der sekundären Erscheinung, denn er trug einen teuren, maßgeschneiderten hellen Anzug, den er sicherlich nicht auf Barbados erstanden hatte. Es umgaben ihn die Aura eines teuren Duftes und die kontrollierten Gesten eines sanften Außenseiters, der es in der von Machos geprägten Welt seiner Kollegen erfolgreich an die Spitze geschafft hatte. Dieser Typ hier, so befand sie, passte nicht recht in die heutige Zeit. Er machte den Eindruck eines Einzelgängers, eine Art karibischer Hercule Poirot. Die Karibik schien die Menschen dazu zu verleiten, sich, was das Äußere betrifft, erfundenen Personen anzugleichen. Aron Sherman wirkte wie ein Westentaschen-Magnum, Shirley wie Scarlett O'Haras Amme, Iceman versuchte sich als Bob-Marley-Verschnitt, und Dennis und Carol waren Porgy und Bess des neuen Jahrtausends. Ein bisschen schräg waren sie alle. Sibylle blickte zu Kevin, der immer noch nicht geantwortet hatte, und dann wieder zu Poirot. Die Figur eines karibischen Ermittlers nahm in ihrem Kopf Gestalt an. Vielleicht der Anfang zu einem neuen Kriminalroman?

«Ich wiederhole meine Frage nur ungern», sagte der Beamte leise.

«Ich war keiner ihrer Liebhaber. Ich nicht.»

Etwas in Kevins Stimme ließ Sandy aufhorchen. Verdammt. Sie glaubte ihm nicht. Sie wusste nur zu genau, wie es klang, wenn er log.

«Jemand anderer hier aus dem Raum?», hakte der Beamte nach.

«Es gibt sicherlich auch noch andere Personen, die in Frage kommen. Nicht nur verschmähte oder eifersüchtige

Liebhaber begehen einen Mord», mischte Sibylle sich ein. «Serientäter zum Beispiel. Perverse, die sich ganz zufällig ihre Opfer suchen.»

«Darf ich vorstellen? Sibylle Parker, Kriminalschriftstellerin», erklärte Emma dem Beamten, der gerade von Carol ein Glas Fruchtsaft entgegennahm und durstig in einem Zug leerte.

Er ging weder auf Sibylles Einwurf noch auf Emmas Erklärung ein. «Da die Leiche auf Ihrem Privatstrand gefunden wurde und die Frau, wie wir erfuhren, mit Ihnen allen bekannt war, muss ich Sie bitten, uns weiter zur Befragung zur Verfügung zu stehen.» Er stellte das Glas so vorsichtig auf dem Tisch ab, als hätte es bereits einen Sprung und könnte jeden Moment komplett zerspringen. «Ein Kollege wird gleich Ihre Personalien aufnehmen, derweil ich mich noch einmal mit der Spurensicherung am Strand umschaue.» Er drehte sich mit der Geschmeidigkeit eines asiatischen Kampfsportlers zur Tür, wandte noch einmal kurz den Kopf und fügte mit eigenartigem Lächeln hinzu: «Ich hasse es, aber ich muss es sagen: Sie alle dürfen Barbados vorerst nicht verlassen.» Er fühlte sich wohl wie Columbo, als er merkwürdig beschwingt das Haus verließ.

Sibylle schüttelte in Gedanken den Kopf über diesen Mann und versuchte, hinter die Beweggründe seines Auftrittes zu kommen. Was führte der Kerl im Schilde?

«Na, der Typ hat vielleicht Nerven», schimpfte Lori. Sie war, wie sie jeden wissen ließ, auch nach ihrer Hochzeit mit Jonathan die Chefin der Logistikabteilung einer internationalen Kunstspedition und eine viel beschäftigte Frau. «Mein Flug nach London geht morgen. Wie denkt der Kerl sich das?»

«Er macht seine Arbeit», sagte Jonathan tonlos. «Was regst du dich so auf? Du nimmst deinen Flug, wie geplant. Ich kann mir nicht vorstellen, dass man dich daran hindern wird, das Flugzeug zu besteigen und Barbados zu verlassen.»

«Vielleicht ja doch. Wenn der Typ glaubt, ich sei eine Mörderin.»

«Zu viel der Ehre.» Jonathan schenkte sich zum x-ten Mal ein Glas von dem Mount Gay Rum ein. Er hatte offensichtlich bereits genug getrunken und war auf Streit mit seiner Ehefrau aus. Doch niemand hielt ihn davon ab. Alle waren mit dem Gedanken an Chinas Ermordung beschäftigt und der Überlegung, was das für sie persönlich bedeutete.

Der Tag hatte doch so harmonisch begonnen. Sibylle blickte in die Runde. Emma und David tuschelten miteinander. Diesen Hochzeitstag werden sie ganz sicher niemals mehr vergessen, dachte Sibylle voller Bedauern. Andererseits – war es sehr schmählich, wenn sie es fast schon als einen Glücksfall empfand, dass China ermordet worden war – wie offensichtlich alle Anwesenden hier? Die Schriftstellerin in ihr jubelte, die Geliebte in ihr, die sie ja auch war, machte sich Sorgen um die Zukunft ihres Liebhabers Aaron. Sollte die sich etwa zwischen Zuchthausmauern abspielen? Traute sie ihm einen Mord zu?

Die anderen waren so mit sich beschäftigt, dass sie nicht bemerkten, wie Sibylle sich aus dem Raum schlich und dem ermittelnden Hercule Poirot der Karibik langsam, anfangs noch auf Abstand bedacht, zum Strand folgte.

«Sie können ruhig aufschließen», sagte er und drehte

sich wartend zu Sibylle um. «Ich vermutete bereits, dass ihr Spürsinn als Kriminalschriftstellerin Sie sowieso nicht länger im Hause halten wird. Ich habe Sie schon vorhin in der Nähe des Tatorts herumschleichen sehen.»

Sibylle gab sich unbeeindruckt. «Wie wurde sie ermordet?»

«Erwürgt.»

«Mit den Händen?»

«Es war ein Lederband um ihren Hals geschlungen.»

Sibylles Kehle wurde ebenfalls eng. Blitzschnell erinnerte sie sich an den Inhalt von Aarons Kofferraum. «Wurde sie damit erwürgt?»

«Nein.»

«Verstehe ich nicht», Sibylle wiegte den Kopf hin und her. Wollte Poirot sie auf den Arm nehmen? «Oder meinen Sie, dass sie mit den Händen erwürgt wurde und man das Lederband danach um ihren Hals wickelte?»

«Kluges Mädchen.» Der Beamte lächelte.

«Das stimmt lediglich zu fünfzig Prozent.»

«Nämlich?»

«Ich bin klug.»

«Richtig.» Er reichte ihr seine Hand. «Ich bin Harvey Reese und eigentlich nicht mehr im Dienst. Nennen Sie mich Harvey.»

«Weil Sie eigentlich nicht im Dienst sind?» Sibylle wurde nicht schlau aus dem Typen. War das seine spezielle Masche, um etwas aus vermeintlichen Zeugen herauszulocken?

«Meine Wohnung ist gekündigt. Die Koffer sind bereits gepackt. Wenn mein Kollege Dick Moore nicht am frühen Abend einen Autounfall gehabt hätte ...»

«... würde er jetzt mit mir sprechen, und Sie wären auf dem Weg nach ...?» Sie hielt noch immer seine Hand in ihrer und sah ihn abwartend an.

«Ich habe so etwas wie eine Weltreise gebucht und wollte morgen», er warf einen Blick auf seine Breitling, «genauer gesagt, in vier Stunden aufbrechen.»

«Man verdient offensichtlich gut bei der Polizei.» Sie vermaß nochmals betont langsam seine Erscheinung, die sich vor dem dunklen Hintergrund der Palmen und des Strandhauses im Licht des Mondes abhob.

Harvey lachte. «Miss Marple, Ihre Neugier ist erwacht, was? Was würden Sie sagen, wenn ich Ihnen anvertraute, dass ich ein reicher Erbe sei.»

«Wahrscheinlich wäre ich geneigt, Ihnen zu glauben. Sie tragen einen teuren Anzug und eine teure Uhr. Und etwas in Ihrer Stimme ...»

«Gute Beobachtungsgabe», lobte er sie.

«Chef? Können wir die Leiche jetzt abtransportieren?» Ein schlacksiger, hoch aufgeschossener Typ, der wie ein junger Faltenhund noch in seine Uniform wachsen musste, baute sich linkisch vor Harvey auf und blickte auf den kleineren Beamten hinunter.

Harvey erteilte die Erlaubnis und setzte sich langsam mit Sibylle an seiner Seite in Bewegung, um dem eifrigen jungen Mann zu folgen.

«Die erste Leiche seiner Laufbahn. Das ist schon was.»

«Ausgerechnet China.» Sibylle fuhr sich mit zwei Fingern übers Kinn. «Verstehen Sie mich jetzt nicht falsch, Harvey. Ich mochte diese mannstolle Masseurin nicht. Überhaupt nicht.» Als sie seinen Blick auffing, fügte sie eilig hinzu: «Wenn ich jeden umbringen würde, den ich nicht mag, hätte ich schon Hunderte auf dem Gewissen. Ich bevorzuge den Mord zwischen zwei Buchdeckeln.»

«Waren Sie etwa eifersüchtig?»

«Vielleicht. Ich glaube, dass dieses asiatische Flittchen sich quer durch die Anlage gevögelt hat. Ganz bestimmt hatte sie etwas mit Aaron Sherman. Das kann ich Ihnen ruhig erzählen, weil er selbst überhaupt kein Geheimnis daraus machte.»

«Und Sie haben auch etwas mit Sherman?» Es war eine rhetorische Frage, auf die er die Antwort bereits zu kennen schien. «Wie hielten es die anderen Männer?»

«Ich glaube nicht, dass David und Jonathan an China interessiert waren. Von Kevin weiß ich es nicht. Und für Dennis und Carol würde ich nicht die Hand ins Feuer legen.»

Sie hatten die Stelle am Strand erreicht, an der China gefunden worden war. Sibylle und Harvey sahen dabei zu, wie ihre spärlich bekleidete Leiche gemeinsam mit dem durchsichtigen Kleid in einen Leichensack und danach in einen Sarg gelegt wurde. Dann machten sich zwei Beamte, der Schlacksige und ein kleiner Dicker, mit ihr auf den Weg zum Leichenwagen, der oberhalb der Villenanlage an der Straße geparkt stand.

Sibylle dachte, dass ihr Wunsch erhört worden war und sie es nun zum ersten Mal mit einem wirklichen Mord zu tun hatte. Sie kannte sogar die Leiche. Und sie zermarterte sich das Hirn, wer Chinas Mörder war.

«Haben Sie eine Idee, wer der Mörder sein könnte?»

Harvey, der eigentlich nicht mehr im Dienst war, konnte offenbar in den Gedanken anderer lesen. «Nein. Keinen Schimmer.»

«Schade. Ich könnte schon ein wenig Hilfe brauchen, weil ...»

«... weil Sie eigentlich gar nicht mehr im Dienst sind», vervollständigte sie den Satz.

Harvey grinste. «Ich habe mir schon lange gewünscht, mal mit einem Krimischriftsteller zu arbeiten. Früher dachte ich, es käme mal einer, der mich befragen würde, um in die Feinheiten unserer Arbeitsweise einzusteigen.»

«Hat nie geklappt?»

«Nein. Aber vielleicht jetzt? Mit Ihnen?» Er sah sie fragend an, und Sibylle hatte das prickelnde Gefühl, dass es zwischen ihnen möglicherweise bald nicht nur um den Mord an China gehen würde. Der schmale, drahtige Harvey verfügte offenbar doch über eine geheimnisvolle Anziehungskraft – und über einen überaus interessanten Lebenslauf. Ihre Neugierde war gleich mehrfach geweckt. «Auf gute Zusammenarbeit. Ich heiße Sibylle.»

«Willkommen im Team, Sibylle. Ich fahre jetzt zu Chinas Familie, um ihr die traurige Nachricht zu überbringen und Erkundigungen einzuziehen.»

«Hältst du es für möglich, dass jemand aus ihrer Familie sie erwürgt hat? Gibt es auf Barbados Blutrache oder einen perversen, altertümlichen Ehrenkodex, der es den Männern der Familie vorschreibt, die Schwester, Schwägerin, Tochter zu töten, weil der zweifelhafte Lebenswandel dieser Frau Schande über die Familie bringt?»

«Das wäre mir neu. Ich glaube jedoch nicht, dass sie das Opfer eines zufällig am Strand joggenden Perversen geworden ist. Die meisten Täter finden sich im unmittelbaren Umfeld des Opfers. Oft sind es die Ehepartner oder die Liebhaber. Wahrscheinlich wird es auch in diesem Fall so sein.» Er sah genervt auf seine Uhr. «Ich hoffe, ich kann den Fall innerhalb von achtundvierzig Stunden abschließen.»

«Ein Rekord? Weil du ja eigentlich gar nicht im Dienst bist?»

«Genau.» Harvey begleitete Sibylle zum Haus zurück. Dort trafen sie auf den Beamten, der die Befragungen durchführen würde. «Ich komme später wieder, Miss Marple, und bringe dich auf den neuesten Stand.» Den letzten Satz flüsterte er ihr ins Ohr. Wahrscheinlich sollte der Kollege davon nichts mitbekommen. Das Gefühl, Harvey so nah zu spüren, seinen Duft wahrzunehmen und seine Hand auf ihrem nackten Arm zu spüren, verursachte eine prickelnde Gänsehaut, die Sibylle als sehr anregend empfand. Hastig trat sie einen Schritt zu Seite, bedankte sich und drängte noch vor seinem Kollegen ins Haus. «Bis später», rief sie und verschwand. Was war denn jetzt mit ihr passiert? War ein realer Mord an einem Menschen, den sie persönlich gekannt hatte, etwa so stimulierend für sie, dass sie sich gleich in den nächstbesten Polizisten verliebte, der einen teuren Anzug trug und vorgab, ein reicher Erbe zu sein?

# 11. Kapitel

«Du warst mindestens eine Stunde unauffindbar.» Sandy blitzte Kevin wütend an.

«Ich war im Haus.»

«Warst du nicht. Ich habe dich überall im Haus gesucht, und du warst definitiv nicht dort.»

«Wenn ich, wie du sagst, für eine Stunde kein Alibi habe, dann hast du auch keins, nicht für die Zeit, in der du mich angeblich gesucht hast. Ha!» Kevin schlug triumphierend die Hände zusammen. «Was jetzt?»

«Das hat bestenfalls zwanzig Minuten gedauert. Nicht genug Zeit, um China aufzulauern, zu ermorden und am Strand zu dekorieren wie ein Appetithäppchen. Also rede keinen Blödsinn.» Sandy ließ Kevin stehen und ließ sich am anderen Ende des Raumes in einen tiefen Sessel fallen. «Ich kann mir auch nicht vorstellen, dass sie für mich ihr Kleid ausgezogen hätte.»

«Vielleicht soll die Polizei genauso denken, und nur darum hat die Mörderin es ihr ausgezogen?» Kevins Stimme war kalt wie Eis.

«Hat jemand den Todeszeitpunkt eingegrenzt?», wollte Jonathan wissen. «Wenn nicht, ist es doch müßig, über Alibis zu diskutieren. Wann müssen wir ein Alibi haben? Um Mitternacht? Früher? Später?»

«Das kann uns egal sein, Liebster.» Lori schmiegte sich

an die Schulter ihres Gatten. «Wir waren die ganze Nacht zusammen. Ich kann dir ein lückenloses Alibi geben und du mir, und zwar bis zu dieser Sekunde. Und weil das so ist», sie gähnte herzhaft, «werde ich mich jetzt schlafen legen. Gute Nacht allerseits.» Sie verließ die Villa über die Terrasse, gerade als Sibylle, gefolgt von dem Polizisten, der die Personalien aufnehmen sollte, den Wohnraum betrat.

«Frühstück ist fertig.» Carol öffnete die Verbindungstür zum angrenzenden Speiseraum. Dort hatte sie für alle Anwesenden ein üppiges Frühstücksbuffet aufgebaut.

Sibylle schenkte sich von dem kochend heißen Kaffee ein, gab reichlich Milch zu der schwarzen Flüssigkeit, in der der Löffel stehen zu bleiben schien, und betrachtete die Runde der versammelten Freunde.

Ihr Hauptverdächtiger war Aaron. Gefolgt von Dennis, gefolgt von Kevin, gefolgt von Sandy.

Emma und David sowie Carol, Jonathan und Lori schloss sie als mögliche Täter aus. Es gab bei diesen fünfen, wie sie glaubte, kein Motiv für einen Mord.

Vielleicht hatte Kevin auch mit China geschlafen, Sandy hatte es erfahren und zufällig China am Strand getroffen. Es gab zwischen den beiden Frauen einen Streit um Kevin, in dessen Verlauf Sandy die zierlichere China erwürgte. Danach hatte sie ihr das Kleid ausgezogen, vielleicht um ein Sexualverbrechen vorzutäuschen, und ihr das Lederband um den Hals gewickelt.

Das Lederband, sinnierte Sibylle, woher kam dieses verdammte Lederband? Hatte es Sandy bei sich gehabt, oder gehörte es China? Für das Band fand sie noch keine befriedigende Erklärung.

Kevin. Der nächste Verdächtige auf ihrer Liste. Kevin traf auf der Suche nach Sandy auf China. Zwischen den beiden kam es zum Streit. China drohte, Sandy zu erzählen, dass ihr Freund keineswegs treu war, und wütend brachte Kevin sie für immer zum Schweigen. Hatte er danach ein Lederband aus der Hosentasche gezogen?

Dennis. Dennis wurde von Emma hinter Aaron hergeschickt. Doch Dennis traf am Strand nur auf China. Er sagte ihr, sie solle so schnell wie möglich verschwinden und sich nicht wieder auf der Party blicken lassen. Es kam zum Streit. Vielleicht drohte China nun ihrerseits Dennis. Über diesen zwielichtigen Typen, glaubte Sibylle, gab es sicher einiges zu erzählen, was die allgegenwärtige China vielleicht ausplaudern wollte. Dennis erwürgte China im Affekt, zog ein Lederband aus der Hosentasche …

Aaron. Aaron Sherman, der, für alle offensichtlich, mit China zusammen war, doch nun die Beziehung beenden wollte. Bereits am Nachmittag hatten sie sich, quasi vor Sibylles Augen, gestritten und waren aufeinander losgegangen. Als China auf der Party auftauchte, um Aaron vor allen Gästen eine Szene zu machen, schleppte er sie zum Strand und versuchte dort, sie zu beruhigen. Als ihm das nicht gelang, forderte China Schweigegeld. Sie kannte ja seine sexuellen Vorlieben und wollte alle schmutzigen Details ausplaudern.

Sibylle unterbrach ihren Gedankenfluss. Es waren nicht wirklich schmutzige Details. In der Liebe und im Krieg war alles erlaubt und nichts verboten. Wenn beide Beteiligten Spaß an Fesselspielen und anderen, weitergehenden Experimenten hatten, so war nichts dagegen zu sagen. In dieser Hinsicht hatte sie ihre Meinung in den vergangenen Tagen hundertprozentig geändert, was jedoch nicht hieß, dass sie ihren Ehemann zurückhaben wollte. Konnte man heute tatsächlich noch jemanden mit diesen Dingen erpressen? Wohl kaum. Man konnte sich über den guten Geschmack unterhalten, aber mehr auch nicht.

Trotzdem wollte es Sibylle am meisten einleuchten, dass Aaron der potenzielle Mörder Chinas war. So schmerzhaft dieser Gedanke für sie auch war. Er hatte eine Affäre mit China, er war mit ihr zum Tatzeitpunkt am Strand gewesen, er hatte sich mehrfach mit ihr gestritten, und er besaß Lederbänder, Fesseln und dergleichen in allen nur denkbaren Variationen. Am wahrscheinlichsten war noch, dass Aaron solche Fetische bei sich trug.

Der Gedanke an seine Schuld schmerzte wie ein Messerstich ins Herz. Doch die Wahrheit tat oft weh. Um allen weiteren Mutmaßungen aus dem Weg zu gehen, verschwand sie schleunigst in ihrem Schlafzimmer und schloss zum ersten Mal sogar die Tür hinter sich ab.

Am späten Vormittag beobachtete Sibylle von ihrem Fenster aus, dass Jonathan Loris Gepäck zum Wagen trug und sie anschließend wohl zum Flughafen fahren wollte. Dennis schien keine Zeit für Chauffeurdienste zu haben. Lori und Jonathan sahen sich kaum an und wechselten kein Wort miteinander. Sibylle hatte nicht gesehen, ob er auch den eigenen Koffer oder nur Loris auffälliges rotes Ledergepäck im Kofferraum verstaute.

Sie war gespannt, was Harvey zu der Abreise der beiden sagen würde.

Sie gönnte sich ein ausgiebiges Beautyprogramm mit Haarpackung und Maske, während sie in Gedanken weiter versuchte, das Rätsel um Chinas Ermordung zu entschlüsseln. Ihre Gedanken bewegten sich im Kreis. Ausgangs- und Endpunkt aller Überlegungen war und blieb Aaron Sherman.

Obwohl sie nicht viel Hoffnung auf effektives Arbeiten hatte, setzte sie sich anschließend an ihr Manuskript, um die letzten Seiten auf Fehler durchzulesen. Sie war nicht bei der Sache. Nach einer Viertelstunde gab sie auf, kleidete sich an und begab sich auf die Suche nach Emma und David.

«Ich hatte dir von Anfang an gesagt, dass ich keine deiner Gespielinnen hier sehen möchte. Du solltest dich um Sibylles Zerstreuung kümmern. So lautete unsere Abmachung.»

Als sie Emmas Stimme erkannte, blieb Sibylle wie angenagelt vor der Tür zum Wohnraum stehen. Mit wem stritt ihre Cousine?

«Das ist unlogisch, meine Liebe. Denn das würde dich ja mit einschließen. Deine Anwesenheit auf Bajan Dreams, geschweige denn in meinem Bett, war nie im Gespräch gewesen.»

Sibylles Herz raste. Es war Aaron, mit dem Emma stritt.

«Wir lagen gemeinsam auf dem Küchenfußboden, wenn ich dich daran erinnern darf.»

«Haarspaltereien.»

«Und es war Davids Idee herzukommen. Was sollte ich tun? Er ließ sich nicht davon abbringen. Es musste unbedingt Barbados sein. Weiß der Himmel, warum.»

«Glaubst du, er ahnt etwas?»

Sibylle hörte gedämpftes Gläserklirren.

«Was? Davon, dass ich ab und zu mit meinem Erotikautor vögle? Oder davon, dass ich dich auf meine Cousine angesetzt habe? David hat dich doch erst hier kennen gelernt, und er weiß nicht, dass Bajan Dreams dir gehört und du zudem auch noch historische Erotikthriller verfasst.»

Sibylle wollte nicht glauben, was sie da hörte. Sie öffnete die Tür einen Spalt und hoffte, nicht entdeckt zu werden. In ihrem Kopf purzelte alles durcheinander. Worum ging es hier? Wieso war Aaron auf sie angesetzt worden? Sie musste unbedingt herausbekommen, was das alles zu bedeuten hatte. Ihm gehörte die Anlage? Er schrieb historische Erotikthriller? Was würde sie als Nächstes erfahren? Er war der Mann mit den tausend Gesichtern? Sie kochte vor unterdrückter Wut. Das war ja so demütigend. Wenn es stimmte, was sie gerade zu ahnen begann, würde sie die beiden umbringen, und Harvey würde seine Weltreise ein zweites Mal verschieben müssen.

«Der Lauscher an der Wand ...» Dennis stand hinter Sibylle, öffnete die Tür zum Wohnraum und schob sie sanft hinein. «Zeit, sich auszusprechen», meinte er. Dann schloss er hinter ihr die Tür.

«Hast du etwa gelauscht?», fragte Emma mit unbewegter Miene.

«Nicht absichtlich. Ich denke, da hatte gerade mein Schutzengel Mitleid mit mir und ließ mich das Gespräch hören, bevor ich mich völlig zum Affen mache.» Sibylle kochte noch immer.

«Ich werde dir alles in Ruhe erklären. Setz dich erst einmal zu uns.» Aaron ergriff ihre Hand. Er wollte sie an sich ziehen, doch Sibylle stemmte sich mit beiden Händen gegen seine Brust. Vor Wut und Scham glühte ihr Gesicht dunkelrot.

«Ihr seid beide so ein abgebrühtes Paar. Ihr betrügt David. Ihr belügt mich. Warum, verdammt nochmal? Ich verstehe es nicht.» Erschöpft sank Sibylle in den Sessel neben Emma.

«Ich wollte nur, dass du wieder ein bisschen Lebensfreude hast. Erinnerst du dich? Sex und Arbeit, das sind die besten Lebenselixiere, die ich kenne. Mein Wahlspruch.»

«Den muss ja wohl nicht jeder über der Tür hängen haben», schimpfte Sibylle. Sie hatte gewusst, dass Emma zum Thema Sex eine viel freiere Einstellung als sie selbst besaß, und hatte das akzeptiert. Sie hatte keinen Schimmer gehabt, welche Ausmaße Emmas Freizügigkeit tatsächlich hatte. Am schlimmsten fand sie, dass es Emma beinahe gelungen war, Sibylle in das Netz ihrer lügnerischen Moralvorstellungen zu ziehen.

«Du warst schon früher so verkniffen.» Emma versuchte eine Entschuldigung. «Dein Mann ist ein mieser Typ. Das habe ich von Anfang an gesagt. Ich habe ihn aber weniger wegen seiner sexuellen Neigungen verurteilt als vielmehr für seine üblen geschäftlichen Tricks, die mir zu Ohren gekommen waren. Du bist immer wie schlafwandelnd durchs Leben gelaufen und hast die Realität nicht wahrgenommen. Das wollte ich ändern. Aber zum Guten. Du wusstest doch bislang überhaupt nicht, wie man Spaß hat. Spaß am Leben, Spaß am Sex. Das Einzige, was dir Vergnügen bereitet hat, war Shopping. Eine Ersatzbefriedigung.»

«Ich muss dir ja sehr bemitleidenswert erschienen sein»,

spottete Sibylle mit Tränen in den Augen. Emmas Worte taten weh, umso mehr, als Aaron sie hören konnte. Aber warum scherte sie sich noch um ihn? «Und wie war das mit Aaron und mir? Welche Form der Lebensfreude sollte er mir bringen?»

Jetzt mischte sich Aaron ins Gespräch ein. «Es ist alles nicht so schlimm, wie du jetzt glaubst.»

Er klingt wie ein Laienprediger, fand Sibylle.

«Ich sollte mit dir flirten, dich aus deinem Schneckenhaus herauslocken, dir die Insel zeigen, dafür sorgen, dass du deine Scheidung vergisst und wieder locker genug wirst, um dein Buch zu beenden. Mehr nicht.»

«Ach, mehr nicht.»

«Alles lief gut an zwischen uns, doch dann kam mir Jonathan, mit dem keiner gerechnet hatte, in die Quere. Und als ich endlich zu dir durchdrang, bekam die Geschichte mit uns beiden eine sogartige Eigendynamik.» Nach kurzem, beinahe unmerklichem Zögern kniete er sich vor Sibylle und ergriff ihre Hände, die sie zu Fäusten geballt im Schoß hielt. «Wahrscheinlich wirst du mir nicht glauben: Aber ich habe mich in dich verliebt.»

Sibylle sprang auf. «Dann bin ich also schuld an Chinas Tod?»

«Ich verstehe nicht, was du meinst.» Aaron zuckte mit den Schultern. «Wieso hast du Schuld an ihrem Tod?»

«Sibylle denkt, dass du China ermordet hast», stellte Emma ganz ruhig fest. «Wir haben dich beobachtet, wie du mit China Streit hattest und wie du sie zum Strand geschleppt hast.»

Aaron wurde blass. «Glaubst du wirklich, dass ich Chinas Mörder bin?» Fassungslos starrte er Sibylle an.

«Ja.»

«Wenn du das von mir glaubst, habe ich mich in dir völlig geirrt.»

«So etwas kommt vor.» Sibylle war nicht bereit, auch nur einen Zentimeter nachzugeben und Schwäche zu zeigen. Komme, was da wolle. Emma und Aaron hatten sich bereits genug auf ihre Kosten amüsiert.

Aaron war bestürzt. «Du glaubst also tatsächlich, dass ich fähig bin, einen Menschen zu töten? Hältst du mich für solch ein Monster?»

«Wer kennt schon den anderen? Man kennt doch nicht einmal den Menschen, mit dem man verheiratet ist. Das habe ich sehr schmerzhaft erfahren müssen. Und noch ein Tipp gratis: Fragt doch mal David, ob er glaubt, seine geliebte Emma zu kennen? Er wird ‹Ja› sagen.» Sie lachte böse. «Der arme Trottel.»

Gerade als Emma und Aaron gleichzeitig auf Sibylle einredeten, betrat Carol mit dem Telefon in der Hand das Zimmer. «Sibylle. Für dich», sagte sie, «Harvey Soundso möchte dich sprechen.»

Aaron schaltete sofort. «Ist das nicht der ermittelnde Beamte. Was will der von dir?»

Sibylle nahm das Telefon entgegen und verließ wortlos den Raum. Draußen auf der Veranda konnte sie Emma und Aaron erneut miteinander streiten hören.

«Hallo Harvey.» Sie bemühte sich um eine neutrale Stimme. «Gibt es etwas Neues?»

«Das will ich wohl meinen. So etwas ist mir in der ganzen Zeit noch nicht vorgekommen, die ich mich jetzt schon mit Gewaltverbrechen herumschlage. Ich schicke dir einen Wagen, der dich zu mir bringt. Im Augenblick komme ich hier noch nicht weg.» Wie zur Bestätigung wurde das Stimmengewirr und Telefonklingeln im Hintergrund lauter.

Sibylles Neugier war sofort erwacht. Außerdem bot sich so die Gelegenheit, für ein paar Stunden zu verschwinden. Emma würde das Gespräch zwischen ihnen nicht als beendet ansehen. Und Sibylle vermutete, dass auch Aaron einen weiteren Vorstoß wagen würde, um sie von ihrer angeblich falschen Fährte abzubringen. Harveys Neuigkeiten würden sie vielleicht davon abhalten, ihre Cousine zu vergiften und ihren Liebhaber gleich mit ins Jenseits zu befördern. Bis zum Abend würde ihr Zorn hoffentlich verraucht sein und sie wieder klar denken können. So hoffte sie. Sie sah schon die Schlagzeile: «Erfolgreiche Krimiautorin tötet Agentin und Liebhaber». Die Verkaufszahlen ihrer Bücher würden astronomische Höhen erreichen.

Harvey hatte einen Tisch im «Fisherman's Wharf» reserviert. Als sie dort mit ihm auf dem Balkon saß, musste sie ein wenig wehmütig an ihr Zusammensein mit Jonathan denken. Lag das wirklich erst ein paar Tage zurück? Kaum zu glauben, was seither alles geschehen war.

«Nun spann mich nicht länger auf die Folter und lass die Katze aus dem Sack.» Sibylle spielte nervös mit der Serviette. Hatte Harvey Beweise für Aarons Schuld?

«Du wirst es kaum glauben. Wir haben ein Geständnis!»

«Aaron hat gestanden?»

«Aaron Sherman? Wieso denn der? Nein, Chinas Verlobter hat gestanden. Ich habe dir doch gesagt, dass der Täter meist aus dem unmittelbaren Umfeld des Opfers kommt.»

«Sie war verlobt? Das hätte ich nicht gedacht. So, wie die sich aufgeführt hat.»

«Luiz ist vor ein paar Monaten nach San Juan gegangen. Er leitet dort den Fitnessbereich eines Luxushotels. Er und China wollten im Frühjahr heiraten. Luiz ist von Haus aus eifersüchtig, so ein richtiger machohafter Bodybuildertyp eben. Er wurde misstrauisch, als China kaum mehr telefonisch erreichbar war und ihm eine Ausrede nach der anderen auftischte, warum sie noch nicht zu ihm kommen wollte.»

«Wenn der Berg nicht zum Propheten kommt ...», meinte Sibylle.

«Richtig. Er kam her und hat sie beschattet. Ein paar seiner alten Kumpels halfen ihm dabei. Es war wohl nicht allzu schwer, Chinas Doppelleben auf die Schliche zu kommen.» Harvey zeigte Sibylle ein Foto, auf dem ein Bär von einem Mann zu sehen war. «Kennst du den Typen?»

«Ist er das?»

«Das ist Luiz.»

«Möglich, dass er mal am Strand herumlungerte. Sicher bin ich mir nicht.»

«Er war dort.»

«Und wie habt ihr ihn so schnell fassen können?»

«Als ich zu Chinas Eltern kam, saß er heulend da. Sie konnten noch nichts von ihrem Tod erfahren haben. Warum heulte Luiz also?» Harvey lehnte sich zufrieden zurück und machte eine lange Kunstpause. «Ein paar gezielte Fragen, und schon brach er zusammen und legte ein Geständnis ab. Mord aus Eifersucht.»

«Geplant?»

«Im Affekt. Das immerhin.»

«Und das Lederband?»

«Ach ja, das Lederband. Das hatte China bei sich. Luiz hat sie den ganzen Tag über beobachtet und ist ihr zur Party gefolgt. Er muss sich hinter den Büschen versteckt haben. Eigenartig, dass niemand diesen Riesenkerl entdeckt hat. Er sagt, er habe den Streit zwischen Aaron Sherman und China beobachtet. Dann sei auch noch der Chauffeur dazugekommen. Es gab ein Handgemenge, in dem China zu Boden fiel. Die Männer haben sie liegen gelassen und sind dann abgezogen. China blieb allein zurück.»

«Das war zu viel für Luiz, und er hat seine Verlobte zur Rede gestellt.»

«Richtig. Ein Wort gab das andere. Sie hat ihn beleidigt und provoziert und ihm gesagt, dass die meisten anderen Männer, ich zitiere, ‹bessere Stecher› seien.»

«Oops. Vielleicht nimmt er ja Hormone. Muskelaufbau an den falschen Stellen.» Sie war so erleichtert darüber, dass Aaron nicht der Täter war, dass ihr sogar frivole Scherze über ihre Lippen kamen.

«Ein Typ wie Luiz, der verträgt das nicht. Er muss blind vor Zorn gewesen sein und kann sich nicht mehr genau daran erinnern, dass er sie erwürgt hat. Als er wieder zur Besinnung kam, lagen seine Hände noch um ihren Hals, und sie hing in seinen Armen wie eine schlaffe Puppe. Das wiederholte er wieder und wieder. Das mit der schlaffen Puppe.»

«Wollte er ein Sexualdelikt vortäuschen und hat ihr deswegen das Kleid ausgezogen und das Band um den Hals gewickelt.»

«Ja. Aber er wurde gestört und machte sich Hals über Kopf davon. Wie hypnotisiert fuhr er zu Chinas Eltern. Erst saß er im Wagen vor dem Haus, dann hat er sie geweckt und ist dann heulend zusammengebrochen. Als ich dort ankam, hatten die Eltern noch kein vernünftiges Wort aus ihm herausgebracht. Sie ahnten nur Schlimmes.»

«Er hat wirklich gestanden?»

«Hat er.»

Sibylle war erleichtert und traurig zugleich. «Dann steht deiner Weltreise nichts mehr im Weg, oder?»

«Es gibt noch ein bisschen Papierkram. Alles Weitere machen die Kollegen.» Er betrachtete Sibylle, die ihm jetzt schweigend gegenübersaß. Irgendetwas stimmte mit ihr nicht. Müsste sie ihm nicht weitere Fragen stellen? Über die Ermittlungsarbeit, das voraussichtliche Strafmaß, was auch immer? Warum saß sie wie ein Häufchen Elend vor ihm?

Ihre Gestalt straffte sich. Sie fasste einen Entschluss. «Ich muss zurück.»

«Wir haben noch nichts gegessen.»

«Kannst du mich zurückfahren? Ich habe einiges zu klären, was keinen Aufschub duldet.» Sie stand auf und sah ihn auffordernd an. «Bitte. Ich erkläre es dir auf der Fahrt.»

# Epilog

«Emma hat die aktuellen Vorverkaufszahlen geschickt.» Aaron wedelte mit einem Blatt Papier vor Sibylles Nase herum.

«Sei vorsichtig. Sonst liegt das Frühstückstablett im Bett. Ich hasse es, auf Krümeln zu liegen.» Sibylle räkelte sich in Aarons Bett. Sie hatte in den vergangenen Monaten Bajan Dreams und Barbados nur zweimal kurz verlassen, sehnte sich aber bereits auf dem Flug nach New York zu Aaron zurück. Lachend nahm Sibylle ihm jetzt das Blatt ab und warf einen langen Blick auf die Zahlen. «Wow. Wir können nicht klagen. Der Werbeaufwand scheint sich gelohnt zu haben.»

«Du hast Emma ja auch ziemlich unter Druck gesetzt.»

«Nach allem, was sie mir angetan hatte, stand sie tief in meiner Schuld. Da ist es nur recht und billig, dass sie mehr Einfluss auf den Erfolg des Buches genommen hat.»

«Bist du noch sauer auf sie?»

«Ich hätte dich nicht kennen gelernt, wenn Emma nicht diese bescheuerte Idee gehabt hätte, dass ich mehr Sex bräuchte.» Sie warf noch einmal einen fast zärtlichen Blick auf die Vorverkaufszahlen. «Ich bin nicht mehr böse. Aber ich lasse sie noch ein bisschen länger zappeln.»

Aaron schlüpfte ins Bett zurück und drängte sich dicht an Sibylles nackten Leib. «Mein letztes Buch ist gefloppt.»

«Wir können nicht alle Sieger sein», säuselte sie harmlos.

«Daran bist du schuld.»

«Ich bin schuld, dass dein Buch ein Flop war? Unverschämtheit.» Sie gab vor, ihm ihren Körper entziehen zu wollen, und rutschte ans andere Ende des Bettes, wobei sie vorsichtig auf das Tablett schielte.

«Anstatt durch die dunklen Verliese europäischer Schlösser zu kriechen und in Museen und Bibliotheken zu recherchieren, habe ich mich um dein Wohl gekümmert.» Er kroch ihr nach und hielt sie fest an sich gepresst, genoss jeden Zentimeter ihrer nackten Haut. Der Duft ihrer beider Körper haftete an ihr, denn sie hatten sich die halbe Nacht hindurch geliebt und waren danach eng ineinander verschlungen eingeschlafen.

«Soso.» Sie küsste ihn spielerisch auf den Mund. «Hast du das?»

«Ich habe bei meinen eigenen letzten drei Büchern abgeschrieben, und das hat mir der Verlag übel genommen.»

«Du bist doch reich genug. Dein nächstes Buch wird wieder ein Bestseller werden, und alle sind glücklich.»

«Bist du glücklich?» Aaron leckte an ihrer Ohrmuschel, tupfte mit der Zungenspitze in deren Mitte und begann danach, sich mit zarten kleinen Bissen ihre Kehle hinunter zu ihren Brüsten vorzuarbeiten.

Sibylle erschauerte. Er kannte ihre erogenen Zonen ganz genau. Seit jener denkwürdigen Aussöhnung auf Barbados hatte er sich eingehend dem Studium dieser Bereiche ihres Körpers gewidmet, und zwar mit Ausdauer und viel Phantasie. Sie schlängelte sich unter seinem Körper durch und schaffte es in letzter Sekunde, das Tablett auf dem Fußboden abzustellen. Anschließend legte sie sich wieder genauso hin wie zuvor und forderte ihn mit vor Erregung heiserer Stimme auf, mit den lustvollen Zärtlichkeiten fortzufahren.

«Ich habe vom ersten Augenblick heftig auf dich reagiert», murmelte er zwischen Küssen und Bissen dicht an ihrem Mund. «Ich konnte es selbst kaum glauben. Du warst zu Anfang so prüde.»

«Ich hatte Tom gefesselt auf unserem Ehebett vorgefunden», erinnerte sie Aaron. «Da ist es doch normal, wenn ich vorsichtig bin – bei einem wie dir.» Sie schlang ihre Schenkel um seine Hüften und spürte den Grad seiner Erregung.

«Du hast mich für einen Killer gehalten. Und das nur, weil ich Latex und Leder mag.» Sein harter Schaft klopfte jetzt bei ihr an und schob sich langsam in ihre feuchte Grotte.

Sie stöhnte erregt. Ihre Nippel waren hart, ihre Möse kochte, und sie konnte es kaum erwarten, dass er seinen Schwanz bis zu den Hoden in sie hineintrieb. Seit drei Monaten schon spielten sie dieses Spiel jeden Morgen, und Sibylle hoffte, dass es nie ein Ende nahm. «Missionarsstellung?», fragte sie lachend.

Aaron grinste, zog unter dem Kopfkissen ein Paar Handschellen vor und warf sie spielerisch und mit großer Geste auf den Fußboden. «Okay. Zur Abwechslung mal wieder in der guten alten Missionarsstellung.»

Während des gesamten Aktes sahen sie sich in die Augen. Ihre Erregung steigerte sich mehr und mehr, und Sibylle glaubte, alles in Aarons Augen lesen zu können. Begierde und Vertrauen und – Liebe.

Foto: The Image Bank / Marc Grimberg

**rororo Erotik**

**Literatur für alle Sinne**

**Erotische Lesebücher**
*Hg. von Bettina Hesse*
**All die schönen Sünden**
3-499-23358-4

**Heiß und innig** 3-499-26327-0

**Feuer und Flamme** 3-499-26371-8

**Von Sinnen** 3-499-26430-7

**Mehr Sex** 3-499-26413-7

**Josefine Mutzenbacher**
**Die Lebensgeschichte einer wienerischen Dirne, von ihr selbst erzählt** 3-499-14290-2

**Emmanuelle Arsan**
**Von Kopf bis Fuß Emmanuelle**
3-499-26394-7

**Tony Andrews**
**Enthüllungen**
*Roman.* 3-499-26423-4

**Antoine S.**
**Im Rausch der Sinne**
3-499-26383-1

**Carsten Sebastian Henn**
**Julia, angeklickt**
*Ein erotischer Internet-Roman*
3-499-26394-7

**Sophie Andresky**
**Feucht** *Erotische Verführungen*
3-499-26394-7

**Tiefer** *Erotische Verführungen*

3-499-23366-5

Foto: Gabo

B 20/2

**Ildikó von Kürthy**
**Freizeichen**

**«Einblicke in die verwirrte moderne Frauenseele ...»**
Der Spiegel

«Gestern stand ich noch mit Übergepäck und Übergewicht am Hamburger Flughafen. Vor mir sieben Tage, die ich zum intensiven Bräunen und Nachdenken über die wesentlichen Störfaktoren meines Lebens nutzen wollte: meine Frisur, meine Figur, meine Beziehung.»

Und so startet die Übersetzerin Annabel Leonhard in den Kurzurlaub auf Mallorca. Aber Ruhe findet Annabel auch auf der Sonneninsel nicht – dafür lernt sie einen jugendlichen Yachtbesitzer kennen – und die Frau, die ihr den Lebensgefährten im fernen Hamburg ausspannen will.

Das fulminante Debüt «Mondscheintarif» (rororo 22637) der Stern-Redakteurin Ildikó von Kürthy wurde von Ralf Huettner mit Gruschenka Stevens und Jasmin Tabatabai verfilmt, das Buch hat über eine Million begeisterte Leser gefunden, die Auflage des Nachfolgers «Herzsprung» (rororo 23287) beträgt schon mehr als 600 000 Exemplare. «Freizeichen» schreibt diese beispiellose Erfolgsserie fort.

3-499-23614-1

*Weitere Informationen in der Rowohlt Revue oder unter www.rororo.de*